满腹经纶

当白话遇到古诗文

张 艳◎编著

文汇出版社

图书在版编目（CIP）数据

满腹经纶：当白话遇到古诗文 / 张艳编著 .
上海：文汇出版社，2025. 5. -- ISBN 978-7-5496
-4518-3

Ⅰ . I206.2
中国国家版本馆 CIP 数据核字第 20251U2K40 号

满腹经纶：当白话遇到古诗文

编　　著／张　艳
责任编辑／戴　铮
装帧设计／末末美书

出版发行／**文匯**出版社
　　　　　上海市威海路 755 号
　　　　　（邮政编码：200041）
经　　销／全国新华书店
印　　制／河北翔驰润达印务有限公司
版　　次／2025 年 5 月第 1 版
印　　次／2025 年 5 月第 1 次印刷
开　　本／680×960　1/16
字　　数／56 千字
印　　张／10

书　　号／ISBN 978-7-5496-4518-3
定　　价／58.00 元

前　言

　　生活中，我们常常羡慕那些"腹有诗书"的人。这些人一开口便是优美的古诗文，不论是阐述观点还是表达情感，都流露出文化底蕴。

　　这些古诗文，字里行间蕴含着古韵之美，更能触动人心，它可以带领我们穿越时空，感受那时那地的人与物、情与理。读"少年负壮气，奋烈自有时"，似乎能感受到李白少年时期心怀大志，对未来充满信心的意气风发；读"肯与邻翁相对饮，隔篱呼取尽余杯"，仿佛能看到诗人隔着篱笆招呼邻居一起痛饮的豪情；读"清风无力屠得热，落日着翅飞上山"，则仿佛置身酷暑难耐的夏日，让你坐立不安，只盼望着太阳能早点落下。

　　古人的一字一句，韵味十足，直到今天仍闪烁着耀眼的光辉。日常生活中，如果你拙于表达自己的想法，就可以引用这些优美、富有诗意的古诗文。

　　当然，我们不必死记硬背，若只是如此，恐怕无法感受这些诗词之美；也不必每当说话时便搜肠刮肚寻找优美的词句，这样做只有一个结果：牵强附会。

多阅读古诗词，真正理解其中的深意；多了解古文、古人和历史文化，尝试着与文人墨客对话……时间久了，自然能"出口成章"。

亲爱的朋友，不论你是性情豪迈还是含蓄内敛，都可以引用古风诗词来表达——以诗为言，以词为情。这样，字里行间定会更有意境，更能感染他人。

目 录

情感篇

◎ 离愁别绪

生活中有太多聚散与离合，与亲人，与朋友，与爱人……此时，引用古诗词表达离别的愁与苦，或许更深刻，也更能让人有所触动。

1. 白话：

心里乱糟糟的，真难受。

古诗文：

此情无计可消除，才下眉头，却上心头。

——宋·李清照《一剪梅》

应用场景

如果经历了一段难以释怀的情感波折，就可以引用这句词来表达心中的纷乱、无奈与愁绪。

2. 白话：

干了这一杯，以后就没有老朋友陪你喝酒了。

古诗文：

劝君更尽一杯酒，西出阳关无故人。

——唐·王维《送元二使安西》

应用场景

在为朋友送别的宴席上，你可以举起酒杯，吟上这句古诗，以慰藉离别之情。

3．白话：

再见面，可就难了。

古诗文：

良时不再至，离别在须臾。

——两汉·佚名《李少卿与苏武诗三首》

应用场景

当你和老友因为工作、学业或其他原因分别，多年后再度重逢，但相聚的美好时光很快过去，离别就在眼前。此时，你可以引用这句诗来表达对过去时光的怀念，以及对未来难以再聚的无奈。

4．白话：

整天愁这愁那，不如好好珍惜现在。

古诗文：

古人愁不尽，留与后人愁。

——宋·范成大《江上》

应用场景

如果你的朋友或亲人因遇到烦心事而整天愁眉苦脸，难以释怀，你可以用这句诗开导Ta。毕竟，人生路上，每个人都会遇到各种各样的困难或离别，这是生活常态。与其整天郁郁寡欢，不如学会忘却过去，活在当下，珍惜现在。

5．白话：

我的忧伤，和任何人都无关。

古诗文：

人生自是有情痴，此恨不关风与月。

——宋·欧阳修《玉楼春·尊前拟把归期说》

应用场景

　　生活中，我们总会有一些忧伤的时刻，可能是因为自己的期望没有达到，或者是因为一些不如意的事情。但请记住，离愁别恨都不过是我们内心的一种感受，跟其他人或者外界环境其实没有什么关系。当你的朋友或亲人遭遇情感危机时，当你感叹人生的无常时，可以引用这句词表达心境。

6．白话：

你又不是我，怎能懂我的愁苦？

古诗文：

天寒知被薄，忧思知夜长。

——汉·佚名《古乐府》

应用场景

　　有时候，我们因为某件事而烦心，但别人却觉得无所谓，甚至觉得你是在小题大做。这时候，你心里的憋屈无法用言语来形容，就像寒冷的夜里只有你自己知道被子有多薄，只有你自己觉得黑夜特别漫长，孤寂难熬。

7．白话：

离开了家，怎么看什么都不顺眼？

古诗文：

思苦自看明月苦，人愁不是月华愁。

——唐·戎昱《江城秋夜》

(应 用 场 景)

　　我们与亲朋好友分别，心中难免会涌起一股难以言喻的愁绪。这时，我们往往会发现，心境变了，情绪就变了，对周围事物的看法自然就变了。即便平时觉得美好的事物，此刻也似乎失去了光彩，不由得感叹一句——思苦自看明月苦，人愁不是月华愁。

8．白话：

好想你们，今晚又失眠了。

古诗文：

事关休戚已成空，万里相思一夜中。

——唐·来鹄《除夜》

(应 用 场 景)

　　除夕，当万家灯火通明、亲人团聚之时，你却漂泊在外，无法与家人共度温馨的时光。对家乡的思念，对亲人的牵挂，如同潮水般汹涌而来，让你无法入眠，辗转反侧。或许只有这句诗，才能抒发你的思念之情！

9. 白话：

相隔太远了，见一面很难。

古诗文：

夜发清溪向三峡，思君不见下渝州。

——唐·李白《峨眉山月歌》

应用场景

　　为了生活，你不得不远离家乡，独自去外地奋斗。想到之后的日子，你将与家人、朋友分隔两地，见一面都非常困难，愁苦之情不禁涌上心头。此时，可以引用这句古诗表达惜别之情和思念之意。

10. 白话：

此时此刻，真想立马去找你。

古诗文：

别后相思人似月，云间水上到层城。

——唐·李冶《明月夜留别》

应用场景

　　与恋人或亲人分别的日子里，思乡之情越发浓烈，你渴望立即见到爱人的笑靥、友人的身影、亲人的容颜。这个时候，拿起手机给远方的爱人或亲人发一条信息，思念之情自然能如月光般穿越云水，抵达对方的心底。

11. 白话：

才见面，怎么就要分开了？

古诗文：

相见时难别亦难，东风无力百花残。

——唐·李商隐《无题·相见时难别亦难》

应用场景

　　与友人重逢，是快乐、幸福的事情，但快乐的时间总是短暂的，即便再难舍也要再次各奔东西。想到不知何时再能见面，你和友人的心中都充满了不舍和惆怅，此时此刻，只能用这句诗表达心中的感叹。

12. 白话：

相聚总是太短暂。

古诗文：

洛阳城东西，长作经时别。昔去雪如花，今来花似雪。

——南朝·范云《别诗二首·其一》

应用场景

　　你和朋友分别多年后再次聚在一起，相约一起游玩，但转眼间就要分别。此时，回忆一段快乐、美好的时光，心中既有幸福也有忧伤，可以用这句词抒发内心的情感。

13. 白话：

你们都走了，只剩下我一个人！

古诗文：

老景萧条，送君归去添凄断。

——宋·毛滂《烛影摇红·送会宗》

应用场景

生活境遇本不尽如人意，与十几年的老友相聚后，朋友相继离开只留下你一个人，更显得境况凄凉。这也与"屋漏偏逢连夜雨"相契合，你或许可以用这句词表达自己与友人离别后寂寞的心境。

14. 白话：

送你一份薄礼，礼轻情意重。

古诗文：

江南无所有，聊赠一枝春。

——南北朝·陆凯《赠范晔诗》

应用场景

送别好友，总是会赠送些礼物，特别是在礼物并不贵重的情况下，可用这句古诗传递礼物背后蕴含的那份真挚情谊，同时也能表达内心的不舍。

◎ 相爱之甜

今人爱上一个人就会大胆表白，古人也是如此。引用古诗句表达爱意，字里行间都充盈着浓浓的诗情画意，不但感动了对方，更惊艳了所有人。

1. 白话：

咱俩能在一块儿，比什么都强。

古诗文：

金风玉露一相逢，便胜却人间无数。

——宋·秦观《鹊桥仙·纤云弄巧》

应用场景

你与爱人分别已久，终于有机会相聚，这一刻的美好胜过世间的一切。此时此刻，你可以借这句词表达自己激动的心情。

2. 白话：

除了你，其他人在我眼里都是浮云。

古诗文：

曾经沧海难为水，除却巫山不是云。

——唐·元稹《离思五首·其四》

应用场景

多年后，与深爱的人重逢。此时此刻，你希望能与爱人再续前缘，就可以用这句诗表明心迹。

3．白话：

每次你离开，我都会患得患失。

古诗文：

只恐夜深花睡去，故烧高烛照红妆。

——宋·苏轼《海棠》

应用场景

　　一旦爱上一个人，总是害怕对方离开自己。当你向爱人倾诉爱意，或者因为爱人短暂离开而依依不舍，如果对方不能理解你这种患得患失的感觉，你就可以引用这句诗委婉地表达自己的心意。

4．白话：

要是能早一点再见面，该有多好呀！

古诗文：

何当共剪西窗烛，却话巴山夜雨时。

——唐·李商隐《夜雨寄北》

应用场景

　　旅游途中，你与 Ta 一见钟情。相处数日之后，你对 Ta 的爱意越来越深，甚至产生了一种相见恨晚的感觉。即将分别之时，你可以引用这句诗表达对对方的爱恋之情。

5．白话：

我能想到最浪漫的事，就是和你一起慢慢变老。

古诗文：

何时杖尔看南雪，我与梅花两白头。

——清·查冬荣《清稗类钞·咏罗浮藤杖所作》

应用场景

　　爱上一个人，总想着时时刻刻与 Ta 在一起，慢慢与 Ta 一起变老。情人节，与 Ta 浪漫约会时；或初雪时分，与 Ta 在街上漫步，可以用此诗浪漫告白，定能让 Ta 无比感动。

6．白话：

我想你，无时无刻都在想着你。

古诗文：

晓看天色暮看云，行也思君，坐也思君。

——明·唐寅《一剪梅·雨打梨花深闭门》

应用场景

　　热恋时，就算与对方分别一会儿，思念也会像空气一样充盈心头。既然思念，就不要埋在心中，给对方打电话，大声念出这句词，何尝不是一种浪漫。

7．白话：

第一眼看见你，我就知道自己输了。

古诗文：

出其东门，有女如云。虽则如云，匪我思存。

缟衣綦巾，聊乐我员。

——《诗经·郑风·出其东门》

应用场景

你不可自拔地爱上了一个人，却不确定对方是否喜欢自己。此时，你可以真诚地用这句古诗来表达爱意：虽然人海茫茫，我会遇到很多很多人——但你是最好的，我只钟情于你。

8．白话：

我对你一见钟情了。

古诗文：

只缘感君一回顾，使我思君朝与暮。

——汉代《古相思曲·其二》

应用场景

当遇见那个让你一眼万年的人时，不妨鼓起勇气用这句诗表达自己的感受：只因在人群中看到了你，从此再也难以忘怀。

9. 白话：

我真心对你，你呢？

古诗文：

只愿君心似我心，定不负相思意。

——宋·李之仪《卜算子·我住长江头》

应用场景

　　向爱人倾诉思念之情时，可以用这句词深情告白，表达自己的深深思念和真挚情感。同时，表达对彼此爱情的坚定和承诺，愿意与对方心心相印，共同守护彼此的爱。

10. 白话：

希望我们往后余生，相爱相守，白头到老。

古诗文：

宜言饮酒，与子偕老。琴瑟在御，莫不静好。

——《诗经·郑风·女曰鸡鸣》

应用场景

　　与 Ta 经过几年的爱情长跑，终于迈进婚姻的殿堂。婚礼上，你可以引用这句诗表达对未来美好生活的向往——夫妻恩爱，家庭和睦，与爱人一起享受美好、安宁、幸福的生活，直到白头偕老。

◎ 相思之苦

与恋人分别后，相思之情，摧人心肝。你若感觉直接说出"我想你"过于苍白，不如附上一首相思之诗更有意境。

1. **白话：**

我时常对着影子自言自语。

古诗文：

从此无心爱良夜，任他明月下西楼。

——唐·李益《写情》

应用场景

与爱人分隔两地时，你顿感一切都淡而无味。这时，可以引用这句诗形容自己内心的失落，表达对爱人的深切思念。

2. **白话：**

人走心还在。

古诗文：

生当复来归，死当长相思。

——汉·苏武《留别妻》

应用场景

面临离别，你对爱人的深情依然不减，此时可以引用这句诗对爱人许下深深的承诺——爱与思念，至死不渝。

3．白话：

我想永远和你在一起，无论何时，无论何地。

古诗文：

在天愿作比翼鸟，在地愿为连理枝。

天长地久有时尽，此恨绵绵无绝期！

——唐·白居易《长恨歌》

应用场景

　　情人节，你向恋人求婚，希望能与 Ta 共度一生。在这个浪漫的时刻，你可以引用这两句诗向对方表达爱意和承诺——往后余生，不论何时，无论何地，都愿意相伴左右。

4．白话：

遇见你之后，我的心就不属于自己了。

古诗文：

平生不会相思，才会相思，便害相思。

——元·徐再思《折桂令·春情》

应用场景

　　初次陷入爱河，体验到了相思之苦。当你向恋人表达相思之意时，可以委婉地用这句诗告白，表达自己享受着甜蜜之情与痛苦之感交织的相思之味。

5．白话：

别伤心，我很快就会回来。

古诗文：

若教眼底无离恨，不信人间有白头。

——宋·辛弃疾《鹧鸪天·晚日寒鸦一片愁》

应用场景

你与 Ta 是异地恋，每隔几个月才能见一面。在车站，你将再次离开 Ta，此时此刻，可以用这句词表达对 Ta 的深深不舍，以及离别带来的无奈与伤感。

6．白话：

我想你想得人都憔悴了。

古诗文：

思君令人老，岁月忽以晚。

——汉代《古诗十九首·行行重行行》

应用场景

你与爱人分别了很长时间，随着时间的流逝，更让你茶饭不思，容颜憔悴。如果你很难说出"我想你想得人都憔悴了"这样的话，可以委婉地使用这句诗感叹时光流逝，以及表达对与爱人共度美好时光的渴望。

7．白话：

你知道吗，我一直在悄悄地喜欢你？

古诗文：

山有木兮木有枝，心悦君兮君不知。

——先秦《越人歌》

应用场景

　　暗恋，含蓄而深沉，怕让人知晓，又想让人知道。当暗恋一个人时，你可以借助这句诗在朋友圈中含蓄地表达，抒发自己有满腔爱意却不敢或无法直接告诉对方的无奈。当然，如果有机会，也可以直接向对方表白。

8．白话：

很久未见，我真的好想好想你！

古诗文：

相思相见知何日？此时此夜难为情！

——唐·李白《秋风词》

应用场景

　　与爱人两地分居了很久，想着两人相遇相知的过往，抑制不住无尽的思念。你与爱人通电话诉衷肠的时候，引用这句诗表达心情，可谓再合适不过了。

9．白话：

为了你，我愿意付出一切。

古诗文：

衣带渐宽终不悔，为伊消得人憔悴。

——宋·柳永《蝶恋花·伫倚危楼风细细》

应用场景

与爱人分别已久，你日渐消瘦和憔悴，但即便如此也无怨无悔。终有一天，你与爱人相见，此时这句词可以贴切地表达出你对爱人的相思之意，以及愿意为爱人付出一切的决心。

10．白话：

像月球和地球互有吸引力一样，你我永远不分开。

古诗文：

愿我如星君如月，夜夜流光相皎洁。

——宋·范成大《车遥遥篇》

应用场景

相爱的两人，总是希望能彼此相伴到永远。如果希望能和爱人长相厮守，你可以用这句词表达对未来美好生活的憧憬。

11. 白话:

好无聊,今天我一个人去喝了一杯苦咖啡。

古诗文:

玲珑骰子安红豆,入骨相思知不知。

——唐·温庭筠《南歌子词二首 / 新添声杨柳枝词》

应用场景

　　相隔两地的爱人总是耐不住相思之苦,思念至深之时如红豆跳跃,深沉热烈。此情此景,可以引用这句词表达思念之情,并询问对方能否体会到这份入骨的相思之苦。

12. 白话:

我一直在等你回来。

古诗文:

君行逾十年,孤妾常独栖。

——三国·曹植《七哀诗》

应用场景

　　夫妻离别总是令人伤感,尤其是时间太长,更是让人感到无奈与愁苦。当思念久未见面的爱人时,你可以用这句诗对爱人表达自己的孤独心情。

13. 白话：

想你的日子，真的很难熬。

古诗文：

思君如明烛，煎心且衔泪。

——唐·陈叔达《自君之出矣》

应用场景

当丈夫因事外出留下妻子独自在家时，那份思念便如同燃烧的蜡烛照亮了妻子内心的孤寂。向爱人表达内心的思念时，引用这句诗最合适不过了。

14. 白话：

太想念你了。

古诗文：

红豆生南国，春来发几枝。愿君多采撷，此物最相思。

——唐·王维《相思》

应用场景

爱人离开家已有时日，你的思念之情越来越浓。向爱人表达思念之情时，可以引用这首诗告诉 Ta：红豆不仅代表我对你的深深思念，更寄托着我对你归来的殷切期盼。

◎ 爱而不得

在古人的诗词里，爱而不得是"此后锦书休寄"的坦然，也有"物是人非已不同"的无奈。现在的你若是感同身受，便读一读这些古诗词吧！

1. 白话：

此后，不要再联系我了。

古诗文：

此后锦书休寄，画楼云雨无凭。

——宋·晏几道《清平乐·留人不住》

应用场景

当爱情或婚姻走到尽头之时，最明智的选择便是坦然接受现实。此时，你引用这句词来结束这段关系，便可以各自安好。

2. 白话：

如果有来生，我不会再错过你。

古诗文：

若是前生未有缘，待重结、来生愿。

——宋·乐婉《卜算子·答施》

应用场景

因为种种原因，你与恋人不得不分手。面对此生无缘的情况，你可以用这句词来与恋人话别。

3. **白话：**

我们回不去了。

古诗文：

人生若只如初见，何事秋风悲画扇。

——清·纳兰性德《木兰花·拟古决绝词柬友》

应用场景

尽管过往的记忆时常萦绕心头，但伤痕已深，难以抚平。因此，你毅然告别了这段情感。若是对方再次纠缠你，可以用这句词来委婉表达感情不再之意。

4. **白话：**

某些人，只能藏在心底。

古诗文：

蜡烛有心还惜别，替人垂泪到天明。

——唐·杜牧《赠别二首·其一》

应用场景

当你遇到那个让自己心动不已的人，却因种种原因无法在一起，那份深深的爱意只能藏在心底。每当夜深人静，独自面对这份爱而不得的情感时，心中的悲伤便如潮水般涌来，只能借用此句古诗发出感叹。

5．白话：

生活依旧，只是没有了你。

古诗文：

碧野朱桥当日事，人不见，水空流。

——宋·秦观《江城子·西城杨柳弄春柔》

应用场景

回想起曾经与恋人共度的美好时光，那些日子仿佛就在眼前，但现在只有曾经共游的山水还在。这份爱而不得的遗憾令人唏嘘，此时此刻，可以用这句词来表达自己的心情。

6．白话：

我真是自作多情。

古诗文：

我本将心向明月，奈何明月照沟渠。

——元·高明《琵琶记》

应用场景

有时我们全心全意地付出，希望能得到对方的回应与珍惜，却往往事与愿违。当你发现自己的一片真心被误解或忽视时，可以体会一下这句古诗。

友谊篇

◎ 惺惺相惜

你与朋友惺惺相惜，想要表达对朋友的赞赏、理解、关怀、鼓励，可以引用一些古诗词，或直抒胸臆，或委婉相告。

1. 白话：

我太佩服你了。

古诗文：

清风多仰慕，吾亦尔知音。

——唐·李颀《题少府监李丞山池》

应用场景

生活中，你遭遇了一个棘手的问题，朋友帮你化解了。过后，你可以引用这句诗表达对朋友的敬佩与赞赏。

2. 白话

距离怎么会影响我们的感情呢？

古诗文

相知无远近，万里尚为邻。

——唐·张九龄《送韦城李少府》

应用场景

现代社会，很多人常常因为工作或学习等原因分隔两地。好朋友离开时，你可以用此诗作为赠言，告诉朋友：彼此的情谊不会因为距离而受到影响。

3．白话：

无论何时何地，你仍是我的知己。

古诗文：

海内存知己，天涯若比邻。

——唐·王勃《送杜少府之任蜀州》

应用场景

与多年好友生活在不同的城市，不常联系，但当彼此遇到困难时，只要知会一声，对方就会慷慨相助。当朋友再次为你解围时，你可以引用这句诗表达情感：无论距离多远，时间多久，我们深厚的友情从未改变。

4．白话：

不要担心前路茫茫没有知己，天下还有谁不认识你呢？

古诗文：

莫愁前路无知己，天下谁人不识君。

——唐·高适《别董大二首》

应用场景

友人即将前往新的城市工作，话里话外透露出对未来的担心和忧虑。此时，你可以用这句诗鼓励友人：才华横溢的你，无论走到哪里都会有人欣赏、支持。

5．白话：

我们太有默契了。

古诗文：

身无彩凤双飞翼，心有灵犀一点通。

——唐·李商隐《无题·昨夜星辰昨夜风》

应用场景

　　相爱或相知的人总是能心灵相通。比如，做某件事时总是不谋而合，想法出奇地一致；或者在某些时刻，两人同时看向对方，眼神交汇间便明白了彼此的心思。此时，就可以用这句古诗来表达心意相通的美好。

6．白话：

我们青梅竹马，老铁了。

古诗文：

同居长干里，两小无嫌猜。

——唐·李白《长干行二首》

应用场景

　　你与女友一起长大，从纯真无邪到情谊深厚。当你回忆童年时光，向朋友讲述你们一起玩耍、生活的情景时，就可以用这句古诗来表达。

7. 白话：

懂我的人，不需要过多解释。

古诗文：

知我者，谓我心忧；不知我者，谓我何求。

——《诗经·王风·黍离》

应用场景

在人际交往中，有时候会遇到一些误解和质疑。当你遇到这种情况，会有朋友理解你、支持你，无条件地站在你身旁。对此，你可以引用这句古诗表达对知己好友的感激之情。

◎ 觥筹交错

　　与朋友相聚，开怀畅饮是最为痛快的事。但很多时候，越是情绪激动，越是不懂如何表达。既然如此，你可以巧妙地引用古诗词表达自己的情感，既有情趣又有文艺范儿。

1. 白话：

咱们今天不醉不归。

　　古诗文：

肯与邻翁相对饮，隔篱呼取尽余杯。

——唐·杜甫《客至》

应用场景

　　与挚友相聚，共叙旧情，举杯畅饮之际更渴望这份欢聚能延续得更久。此时，你可以用这句古诗表达自己的心境。

2. 白话：

今儿个真高兴！

　　古诗文：

人生得意须尽欢，莫使金樽空对月。

——唐·李白《将进酒·君不见》

应用场景

　　当你完成一项技术革新得到公司嘉奖时，约几个好友痛快地畅饮一番，当场附上这句古诗，心里别提有多痛快。

3．白话：

没想到你歌唱得可以呀！

古诗文：

此曲只应天上有，人间能得几回闻。

——唐·杜甫《赠花卿》

应用场景

　　与友人聚会，友人一时兴起就高歌一曲。歌曲悠扬，大家被其深深吸引，陶醉其中。这时，你不要吝啬，大方地用这句古诗加以赞美，友人必定心花怒放，欢乐的气氛也会更上一个高度。

4．白话：

这酒喝得尽兴，感觉眼前的一切都在摇晃。

古诗文：

只疑松动要来扶，以手推松曰去。

——宋·辛弃疾《西江月·遣兴》

应用场景

　　在与亲朋好友的聚会上，大家开怀畅饮，醉意渐浓，双眼看什么都有些模糊不清。在这种情景下，你可以引用这句词表达内心的痛快之感。

5．白话：

喝吧，别想那些没用的。

古诗文：

遇酒且呵呵，人生能几何。

——唐·韦庄《菩萨蛮·劝君今夜须沉醉》

应用场景

与朋友聚会，如果某个人开始借酒抒发对现实的不满、对工作大发牢骚，这时与其给予他过多的安慰，不如引用这句古诗，以一种风趣且豁达的态度来劝酒。

6．白话：

不说那么多了，一切都在酒里。

古诗文：

秋风倦客，一杯情话，为君倾倒。

——元·王恽《水龙吟·送焦和之赴西夏行省》

应用场景

与多年好友聚会，向对方敬酒时无须多言，引用这句词即可。举杯相对，双方就可以心意相通，所有的情感、回忆和感慨都凝聚在这杯酒里。

7. **白话：**

再喝点，今天一醉方休！

古诗文：

烹羊宰牛且为乐，会须一饮三百杯。

——唐·李白《将进酒·君不见》

应用场景

　　三五好友来家做客，你非常高兴，准备好酒好菜来招待。当大家气氛热烈、心情愉悦时，你可以引用这句诗表达此刻的欢乐与豪情。

8. **白话：**

老朋友算是千里送情意，今晚好好聚聚。

古诗文：

有朋自远方来，不亦乐乎？

——《论语·学而》

应用场景

　　外地好友来到你的城市出差，找你晚上聚一聚。你内心激动不已，立刻准备好宴席来招待朋友。打招呼或敬酒时，你可以用这句话表达好朋友相见的喜悦和激动。

◎ 患难真情

当你遇到难题或陷入困境时，朋友毫不犹豫地给予了支持和帮助。此时，你可以以诗言情，大方地表达谢意。

1. 白话：

你对我的好，我都记在心里。

古诗文：

投我以木桃，报之以琼瑶。

——《诗经·卫风·木瓜》

应用场景

事业陷入低谷，朋友毫不犹豫地伸出援手。你深感这份情谊的珍贵，可以引用这句古诗表达：无论未来如何，必将投桃报李。

2. 白话：

幸好当时有你。

古诗文：

岁寒知松柏，患难见真情。

——明·汤显祖《牡丹亭》

应用场景

做生意遭遇失败，身边的人都离你而去，只有一位挚友依然给予你温暖与力量。面对挚友，你可以用这句古诗表达内心的情感。

3．白话：

老朋友，还得是你呀！

古诗文：

情于故人重，迹共少年疏。

——唐·白居易《咏老赠梦得》

应用场景

　　在人生的旅途中，我们总会遇到各种各样的人，有人成为短暂的过客，有人成为一生的挚友。我们回首过去会发现，那些与我们共同经历过风雨的老朋友才是心中最珍贵的宝藏。虽然情意无须多说，但用这句古诗真诚地表达，对方也将为之动容。

4．白话：

什么也不说了，多保重。

古诗文：

十载常独坐，几人知此心。

——唐·高适《赠别沈四逸人》

应用场景

　　与挚友感情深厚，并肩走过一段艰难岁月。两人即将分别，你知道挚友是个内向的人，担心他到了新地方没有人理解和接纳。此时，你可以用此诗表达对这份情谊的不舍和担忧。

5. 白话：

天南海北的两个人，处得像亲兄弟。

古诗文：

落地为兄弟，何必骨肉亲！

——魏晋·陶渊明《杂诗十二首·其一》

应用场景

有些人虽然并非血亲，却因彼此投缘而建立起深厚的情谊。面对待你如亲兄弟的好友，不妨引用这句古诗大方地"告白"，表达你对友情的珍视。

6. 白话：

咱俩的交情，不是能用金钱来衡量的。

古诗文：

人生贵相知，何必金与钱。

——唐·李白《赠友人三首》

应用场景

真正的友情，不是用金钱就可以衡量的。朋友遇到困境，你慷慨相助，朋友表示感谢；或者朋友间涉及金钱利益时，可以用这句诗表达对彼此间情谊的珍视，以及对物质利益淡泊的态度。

◎ 别后怀念

对于朋友，怀念的话说得太肉麻就会显得矫情。可以引用古诗词，把这些话说得委婉又深情，充分表现出你与友人的深情厚谊。

1. 白话：

隔着两地，我们每一次相聚都是那么不容易。

古诗文：

故人故情怀故宴，相望相思不相见。

——唐·王勃《寒夜怀友杂体二首》

应用场景

无法与远方的朋友相见，只能通过电话或者视频等方式聊天。你可以引用这句诗表达对对方的想念，以及对过去共同经历的追忆。

2. 白话：

来到这里，我又想起了你。

古诗文：

城南小陌又逢春，只见梅花不见人。

——宋·陆游《十二月二日夜梦游沈氏园亭》

应用场景

偶经曾经一起工作或学习的地方，拍下照片发送给好友，并附上此诗，好友定能感受到你的情谊。

3. 白话：

老朋友，你现在在哪里呢？

古诗文：

故人何在，烟水茫茫。

——宋·柳永《玉蝴蝶·望处雨收云断》

应用场景

　　大学毕业后，与同窗好友各奔东西，有些人慢慢失去了音讯。重游大学校园，想起曾经一起度过的欢乐时光、分享过彼此的梦想与心事，或许这句词，才能表达你内心的怀念之情。

4. 白话：

嘿，昨晚梦到你了。

古诗文：

故人入我梦，明我长相忆。

——唐·杜甫《梦李白二首·其一》

应用场景

　　梦中与老友重逢，醒后情谊依旧，思念满满。这时，你可以用这句古诗向对方倾诉，表达对对方的想念，让对方明白你的心意。

5. 白话：

和你分别后，心里感觉空落落的。

古诗文：

凄凉别后两应同，最是不胜清怨月明中。

——清·纳兰性德《虞美人·曲阑深处重相见》

应用场景

　　与友人分别后，感觉仿佛失去了什么重要的东西，尤其是在寂静的夜晚，月光下更显得孤独。此时，你可以用这句词阐述内心的思念之情。

6. 白话：

朋友，你什么时候能回来呀？

古诗文：

春草明年绿，王孙归不归。

——唐·王维《送别》

应用场景

　　好友调到外地工作，难以相见，心中的思念油然而生。与朋友通电话闲聊之余，你可以借这句古诗表达思念之情，以及期盼对方早日回来的殷切之情。

7．白话：

想你，满脑子都是你。

古诗文：

怕相思，已相思，轮到相思没处辞，眉间露一丝。

——明·俞彦《长相思·折花枝》

应用场景

夜深人静，独自坐在书桌前翻着一本书，心思却早已飘远，忍不住想念亲人或知己好友。当你向他们表达内心的情感时，可以用这句词作为载体来传递自己的真挚感情。

8．白话：

菊花又开了，你怎么还不回来？

古诗文：

重见金英人未见，相思一夜天涯远。

——宋·晏几道《蝶恋花·黄菊开时伤聚散》

应用场景

这里的"金英"是指黄菊，它是恋人或朋友之间离合聚散的标志。你看到黄菊花开了，却没能与恋人或朋友团聚时，便可用这句词表达浓烈的思念之情。

9．白话：

今晚睡个好觉，看看能不能梦到你。

古诗文：

不堪盈手赠，还寝梦佳期。

——唐·张九龄《望月怀远》

应用场景

中秋佳节是与亲朋好友团聚的时刻，但因为种种原因，你与亲人或友人不能相聚。此时，你可以用这句古诗表达对对方的思念，并把这个美好的愿望传递给对方。

10．白话：

多年不见，最近你过得怎么样？

古诗文：

别后不知君远近，触目凄凉多少闷。

——北宋·欧阳修《玉楼春·别后不知君远近》

应用场景

多年前与好友各奔前程，从此少了联系，但时常会在心底默默想念。偶然得知好友的消息并取得联系后，你可以引用这句词询问对方过得如何来表达关切之情。

11. 白话：

亲爱的闺密，你咋跑那么远？

古诗文：

我有所念人，隔在远远乡。

——唐·白居易《夜雨》

应用场景

　　闺密去外地工作或者嫁到远方，现在只剩下你独自一人。走在熙熙攘攘的大街上，看到周围的人谈笑风生，犹如你和闺密曾经那样，思念之情顿时油然而生。此时，你可以给闺密发个信息，以诗寄情。

12. 白话：

越是想你，越感觉时间过得好慢！

古诗文：

一日不见，如隔三秋。

——《诗经·王风·采葛》

应用场景

　　朋友离开后，约好在某个时间再相见。之后的日子，虽然你工作忙碌，但时刻想念朋友，期盼着与朋友再见。但这个时间过得太慢了，可以引用这句古诗发出感叹。

13．白话：

我觉得我们并没有分开。

古诗文：

青山一道同云雨，明月何曾是两乡。

——唐·王昌龄《送柴侍御》

应用场景

当你在车站送别朋友，可以用这句古诗来表达此刻的心情——虽然我们即将分隔两地，但明月一定会同时照在我俩的身上。无论什么时候，距离都不能阻隔友情，心中那份思念与牵挂始终如一。

14．白话：

你在那边还好吗？

古诗文：

我寄愁心与明月，随君直到夜郎西。

——唐·李白《闻王昌龄左迁龙标遥有此寄》

应用场景

得知远方的好友遭遇了工作上的不顺，心情低落，在提供物质帮助的同时，你也要给予对方精神上的安慰和支持。引用这句古诗，好友便会知晓：虽然你不能亲自陪伴在我身边，但心是和我在一起的。如此，好友自然会感受到你的心意。

◎ 久别重逢

　　"久别重逢"四个字太简单，道不尽我们内心的欢喜、期盼、激动与感叹。既然如此，就引用古人一词一句来表达吧。

1. **白话：**

希望我们不再经历分开的苦。

　　古诗文：

只祈彼此身长健，同处何曾有别离。

——宋·魏了翁《鹧鸪天·别许侍郎奕即席赋》

应用场景

　　　　与亲朋挚友欢聚一堂之后，却不得不面临分别的无奈。这时，你可以用这句词表达对亲朋好友的祝愿。

2. **白话：**

太好了，我们终于见面了。

　　古诗文：

从别后，忆相逢，几回魂梦与君同。

——宋·晏几道《鹧鸪天·彩袖殷勤捧玉钟》

应用场景

　　　　无论是恋人的重逢还是亲友的相聚，当两人经历长时间的分离后终于相见时，你可以引用这句词表达重逢的激动。

3．白话：

想见你一面，太难了。

古诗文：

人生不相见，动如参与商。

——唐·杜甫《赠卫八处士》

应用场景

　　你与朋友长时间分别，当再次相见，这一刻彼此就好像穿越了时空，自然是感慨不已。此时，引用这句古诗表达相聚的难能可贵，再恰当不过了。

4．白话：

我们真是太久没有见面了。

古诗文：

离别一何久，七度过中秋。

——宋·苏辙《水调歌头·徐州中秋》

应用场景

　　中秋佳节，与久别重逢的亲人或挚友相聚一堂，共同赏月品茶时，可以深情地引用这句词感慨一番。这句词不仅表达了对过去长时间分离的深深怀念，也体现了对今日难得相聚的珍视。

5．白话：

真幸运，竟在这里遇到你了。

古诗文：

正是江南好风景，落花时节又逢君。

——唐·杜甫《江南逢李龟年》

应用场景

到南方某个城市游玩，走在热闹的街道上，猛然间遇到多年未见的老同学。面对如此巧遇，你可以用这句古诗表达内心的雀跃和兴奋。

6．白话：

过去再美好，也回不去了。

古诗文：

此情可待成追忆？只是当时已惘然。

——唐·李商隐《锦瑟》

应用场景

与曾经的恋人偶然相逢，回忆起过去的时光，有怀念，也有惋惜。但过去已经过去，现在只能引用这句古诗感慨，表达对当时未能好好珍惜的遗憾。

家庭篇

◎ 亲子之情

父母之于子女的爱，无私而博大。子女之于父母要懂得感恩，给予理解。因此，不论是子女还是父母，都应该珍惜亲子之情。

1. 白话：

感觉自己好没用，关键时刻不能陪在父母身边。

古诗文：

惨惨柴门风雪夜，此时有子不如无。

——清·黄景仁《别老母》

应用场景

父母需要子女的陪伴与照料，但是，你接到工作任务而不得不离家远行。此时，你可以引用这句古诗表达内心的无奈。

2. 白话：

爸爸（妈妈），您辛苦了！

古诗文：

父兮生我，母兮鞠我。

抚我畜我，长我育我，顾我复我，出入腹我。

——《诗经·小雅·蓼莪》

应用场景

在父亲节或母亲节，或者其他纪念日，你可以用这句古诗表达内心深处的感恩之情。

3．白话：

还是别跟爸妈说了，省得他们担心。

古诗文：

低徊愧人子，不敢叹风尘。

——清·蒋士铨《岁暮到家》

应用场景

　　身处异乡，面对生活的种种艰辛与不易，你不愿让远在家乡的父母担忧，即便心中有诸多苦楚与无奈，也选择独自承担。此时，你只能在心中用这句古诗感叹。

4．白话：

谢谢妈妈，您太伟大了！

古诗文：

谁言寸草心，报得三春晖。

——唐·孟郊《游子吟》

应用场景

　　在母亲节或母亲生日时，你特意给母亲买了礼物。母亲高兴不已却不愿意接受，你可以引用这句诗告诉母亲：您对我们的关爱与付出是无价的。作为儿女，虽然我们心中充满感激，却难以完全报答您的恩情，只能借助礼物来表达心意。

5．白话：

孝顺父母，还要等到有钱了才去做吗？

古诗文：

人子孝顺心，岂在荣与槁？

——元·王冕《墨萱图二首·其二》

应用场景

　　在外辛苦一年，过节回家时给父母带了一些礼物。父母却心疼不已，说你在外不易，不必花钱买这些东西，等以后有钱了再买。此时，你可以引用这句古诗劝慰父母：孝顺父母，无须等到自己富有之时。

6．白话：

有一种爱，叫妈妈收拾的行李箱。

古诗文：

慈母手中线，游子身上衣。

——唐·孟郊《游子吟》

应用场景

　　当你即将踏上求学或工作的旅途时，妈妈总是会默默地为你准备好行囊。此情此景，唯有这句古诗才能体现母亲对你的关爱，以及你内心的感动。

7．白话：

妈妈在哪儿，家就在哪儿。

古诗文：

尊前慈母在，浪子不觉寒。

——《劝孝歌》

应用场景

在外漂泊多年，终于回到家中，看到母亲依旧慈祥地坐在桌前等候。那一刻，你所有的疲惫都烟消云散了。此时，你可以大声地对母亲说出这句古诗来表达内心的感触。

8．白话：

孝敬父母要趁早，别等错过了再后悔。

古诗文：

树欲静而风不止，子欲养而亲不待。

——《孔子家语·致思》

应用场景

因为工作忙碌，我们时常会忽略对父母的关爱与陪伴。然而，当父母逐渐老去，我们才意识到孝敬父母的重要性。不妨用这句古诗告诫自己：在以后的日子，千万不能再错过孝敬父母的机会，以免悔恨终生。

9．白话：

每次回家，我都感觉自己是最幸福的人。

古诗文：

爱子心无尽，归家喜及辰。

——清·蒋士铨《岁暮到家》

应用场景

　　中秋或春节，你准备回家团圆。母亲听到这一消息，喜悦万分，不但早早准备了你喜欢的饭菜，还特意到门口迎接。回到家后，看到母亲慈祥的笑容，听到母亲亲切的问候，你不由得从心底吟出这句古诗。

10．白话：

孩子，你是不是在外面过得不太好？

古诗文：

见面怜清瘦，呼儿问苦辛。

——清·蒋士铨《岁暮到家》

应用场景

　　你长时间离家在外工作，终于抽时间回到家中，父母立刻就注意到你那清瘦的面容，顿时心疼不已。此时，父母可以引用这句古诗表达对孩子的关爱与担忧。

11. **白话：**

孩子，我想你了。

古诗文：

每思骨肉在天畔，来看野翁怜子孙。

——唐·曹邺《北郭闲思》

应用场景

看到邻居与儿孙团聚，享受天伦之乐，你倍加思念在外地的孩子。此时，你可以打电话给孩子，表达内心的思念以及盼望他早日回家之情。

12. **白话：**

你就放心去吧，去闯一番天地。

古诗文：

父母在，不远游，游必有方。

——《论语·里仁》

应用场景

为寻求更好的就业机会，孩子准备前往大城市打拼。但这样，他就无法常伴父母左右。孩子犹豫不决，准备放弃这一机会。此时，父母可以引用这句话劝导孩子，让他放心去闯荡。

13. 白话：

你对父母是什么态度？

古诗文：

百善孝为先。

——《弟子规》

应用场景

　　孩子顽劣、叛逆，做出顶撞、不尊重甚至是伤害父母的行为。此时，你可以用古人的这句话来引导孩子感恩和尊重父母。

14. 白话：

你要好好学习，成为有用之才。

古诗文：

玉不琢，不成器；人不学，不知义。

——《三字经》

应用场景

　　孩子懒惰，不爱学习；或者嫌学习苦，不愿付出努力。此时，你可以引用古人这句话来激励和劝导孩子明白学习的重要性，珍惜现在的学习时光，将来成为有用之才。

15. 白话：

不错，学得有模有样嘛。

古诗文：

童孙未解供耕织，也傍桑阴学种瓜。

——宋·范成大《四时田园杂兴·其三十一》

应用场景

　　周末，带着孩子到农家院游玩，体验耕作务农等劳动。虽然孩子的动手能力不足，但是也能模仿大人的行为去操作。这时，你可以用这句古诗夸赞孩子一番，不但能调动孩子的积极性，还能让你体会到陪伴孩子的快乐。

16. 白话：

我不求孩子有多大的出息，只希望他们健康快乐地成长。

古诗文：

惟愿孩儿愚且鲁，无灾无难到公卿。

——宋·苏轼《洗儿诗》

应用场景

　　当下社会，许多父母都期望子女能够学有所成。当身边人不断攀比的时候，你更希望孩子质朴纯真，一生平安顺遂。若是别人问起来，你可以用这句诗回应。

◎ 夫妻之爱

古诗词中的夫妻之爱，有卿卿我我，有浓情蜜意，有相知相守，也有相思相念。若是你为人含蓄，不善表达，可以好好学习一番。

1. 白话：

我只专情于你。

古诗文：

惟将终夜长开眼，报答平生未展眉。

——唐·元稹《遣悲怀三首·其三》

应用场景

爱人因为工作原因要离开很长时间，你内心十分不舍。当这份情感浓烈到无法用言语表达时，你可以用这句古诗传达你们的忠诚与不渝。

2. 白话：

清晨醒来，睁开眼都是你！

古诗文：

云鬓花颜金步摇，芙蓉帐暖度春宵。

——唐·白居易《长恨歌》

应用场景

新婚之夜，与爱人共度春宵，浓情蜜意。清晨醒来，与其用土味情话告白，不如引用这句古诗，更别具深情与浪漫。

3．白话：

为了你，我哪怕是付出生命也愿意。

古诗文：

春蚕到死丝方尽，蜡炬成灰泪始干。

——唐·李商隐《无题·相见时难别亦难》

应用场景

当你深深地爱上一个人时，那份情感是如此坚定与执着，愿意为之付出一切。向爱人倾诉时，你可以引用这句古诗表达心中炽热的情感。

4．白话：

我愿和你共度一生。

古诗文：

愿得一人心，白首不相离。

——汉·卓文君《白头吟》

应用场景

当找到了那个愿意与你共度此生的人时，就想用世间最美好的语言来承诺彼此的未来，但为了不显得过于肉麻，可以引用这句古诗含蓄告白。

5．白话：

只要我们相爱，即使暂时分离也没什么大不了。

古诗文：

两情若是久长时，又岂在朝朝暮暮？

——宋·秦观《鹊桥仙·纤云弄巧》

应用场景

对于彼此深爱的夫妻，即便身处异地，但只要两颗心紧紧相连，情感便不会因距离而减弱。当你向爱人倾诉衷肠时，可以引用这句古诗让对方知晓你的心意。

6．白话：

你我就应该相互扶持，彼此信任。

古诗文：

结发为夫妻，恩爱两不疑。

——汉·苏武《留别妻》

应用场景

一旦结为夫妻，双方就应该彼此信任，相互扶持，无论遇到什么困难都要携手共进。婚礼上，发表誓言或向妻子告白时，不妨引用这句古诗表明心迹。

7. 白话：

这里开始下雪了，你在那边还好吗？

古诗文：

欲寄君衣君不还，不寄君衣君又寒。

——元·姚燧《凭栏人》

应用场景

　　爱与牵挂，让你陷入两难境地，既担心爱人短时间内不归来，又怕爱人受苦；既希望向对方倾诉相思之情，又担心扰乱对方的心绪。此时，你可以把这句古诗发到爱人的手机上，表达内心的纠结以及对对方的挂念。

8. 白话：

今晚的月亮好美，真希望你也在。

古诗文：

今夜鄜州月，闺中只独看。

——唐·杜甫《月夜》

应用场景

　　每当看到生活中的美景美物，就忍不住想要与爱人一起欣赏。然而，此时此刻，爱人却不在身边，你只能一个人静静欣赏。当向爱人分享时，你可以附上此诗表达内心的思念与遗憾。

◎ 美好祝福

当家有儿女初长成，或在刻苦学习，或在事业的道路上拼搏，父母就可以送上最真挚的祝福，让这些优美的古诗文开出更耀眼的花朵。

1. 白话：

加油，你一定能考上！

古诗文：

丹墀对策三千字，金榜题名五色春。

——元·王冕《送王克敏之安丰录事》

应用场景

孩子即将参加重要的考试，如果你想为他加油打气，表达对他才华的认可时，引用这句诗更能鼓舞人心。

2. 白话：

祝夺标成功！

古诗文：

手持五色智慧笔，夺取功名耀前程。

——明·李梦阳《送人赴举》

应用场景

古代诗人手握象征才华的五色彩笔，写下华美篇章。同样，孩子刻苦学习只为实现心中的梦想。父母可以用这句古诗来祝愿孩子此次高考定能荣登榜首。

3．白话：

人生有四大喜，今年你一定要占一个呀！

古诗文：

金榜高悬姓字真，分明折得一枝春。

——唐·袁皓《及第后作》

应用场景

这句古诗比喻中榜者如同在春天折取了一枝鲜艳的花朵，满怀欣喜。这句古诗在现代还可以用来鼓励学子，告诉他们在经历了一番努力之后，终将迎来属于自己的成功时刻。

4．白话：

我要飞得更高！

古诗文：

知君志不小，一举凌鸿鹄。

——唐·刘长卿《赠别于群投笔赴安西》

应用场景

这句古诗表达了诗人对友人志向的赞赏和对其未来成功的期盼。鸿鹄在古代文学中常被用来比喻志向远大的人，因此，你可以引用此句古诗来鼓励亲人一定能够实现远大的抱负和目标。

5．白话：

一切皆有可能。

古诗文：

抬眸四顾乾坤阔，日月星辰任我攀。

——宋·苏轼《失题二首·其一》

应用场景

　　这句古诗描绘了诗人感受到天地之广阔，日月星辰仿佛都在他的掌控之中。这种意境不仅展现了诗人对自然美景的深刻体验，也反映了他内心世界的豁达。当孩子取得了可喜业绩时，你可以引用这句古诗来赞美他。

6．白话：

看，风筝飞得那么高。

古诗文：

乘风好去，长空万里，直下看山河。

——宋·辛弃疾《太常引·建康中秋夜为吕叔潜赋》

应用场景

　　周末带孩子去公园放风筝，看着风筝越飞越高，心里不由得想起这句古诗，真想跟风筝一样乘风飞上万里长空，俯视祖国的大好山河。

7．白话：

今天是个特别的日子。

古诗文：

意气成功日，春风起絮天。

——唐·薛能《舞曲歌辞·柘枝词三首》

应用场景

　　当孩子在事业上遇到了瓶颈，你可以引用这句古诗去激励他，告诉他把握机会就如同春风轻拂、柳絮飞扬的美好时节一般，充满了希望和生机。

8．白话：

男儿当自强。

古诗文：

好共大鹏双奋击，此行有路到南溟。

——宋·李觏《送夏旦赴举》

应用场景

　　当孩子学有所成开始创业时，你可以引用这句古诗来祝福，希望孩子能够像大鹏鸟一样展翅高飞，勇敢追求自己的理想和目标，并最终到达成功的彼岸。

自然篇

横看成岭侧成峰,
远近高低各不同。

哇！这山好高啊！
好雄伟啊！好险峻啊！

◎ 春暖花开

古人描绘春天，很多诗句不含"春"，却通过微风、绿柳、桃花、野鸭、细雨等事物，描绘出一幅生机盎然的春景图。

若是你无法用自己的语言描绘春天的美，就引用古人的诗句吧！

1. 白话：

春天终于来了。

古诗文：

风回小院庭芜绿，柳眼春相续。

——南唐·李煜《虞美人·风回小院庭芜绿》

应用场景

当你走出家门，外面的景色让你眼前一亮：草儿已经变得嫩绿，柳条抽出了新芽。此时，你可以文雅地吟上这句词。

2. 白话：

草绿了，树枝也发芽了。

古诗文：

燕草如碧丝，秦桑低绿枝。

——唐·李白《春思》

应用场景

当春天来临，周围的花草树木都焕发出勃勃生机。此时，你可以用这句古诗描写早春的情景。

3．白话：

天气暖了，桃花也开了。

古诗文：

竹外桃花三两枝，春江水暖鸭先知。

——宋·苏轼《惠崇春江晚景二首·其一》

应用场景

　　初春的郊外，桃花初绽、江水回暖，鸭子正欢快地游弋。这如画美景，令人赏心悦目。此时，你可以引用这句古诗描绘这一美好的春景。

4．白话：

快看，好多鸭子在戏水。

古诗文：

鹅鸭不知春去尽，争随流水趁桃花。

——北宋·晁冲之《春日》

应用场景

　　春日暖阳下，你与家人一同前往郊外踏青，看到鹅鸭戏水、桃花飘落的情景，便可以文雅地说出这句古诗描述此情此景。

5．白话：

元宵佳节，正是闹春、赏月的好时节。

古诗文：

春到人间人似玉，灯烧月下月如银。

——明·唐寅《元宵》

应用场景

　　在元宵佳节这美好的日子，彩灯带着欢欣的笑意燃烧着，月亮则如水似银地照耀着大地。你和家人赏月、观花灯之后，可以用这句古诗表达春天带来的喜悦。

6．白话：

百花齐放，真是美不胜收。

古诗文：

胜日寻芳泗水滨，无边光景一时新。

——宋·朱熹《春日》

应用场景

　　与朋友到公园踏青，目睹春回大地的景象，你心中无比欢喜。此时，可以引用这句诗描述这一生机勃勃的景象及表达看到美好春景的欣喜之情。

7．白话：

桃花开得真美啊！

古诗文：

桃花春色暖先开，明媚谁人不看来。

——唐·周朴《桃花》

应用场景

　　春天到来，桃花开始竞相绽放。此时，你拍下美照发到朋友圈炫耀，但千万不要只会说："桃花真美呀！"引用这句古诗，岂不是更显意境？

8．白话：

春天到了，也是放风筝的好时节。

古诗文：

儿童散学归来早，忙趁东风放纸鸢。

——清·高鼎《村居》

应用场景

　　你漫步在春日的公园里，看到一群群孩子欢快地奔跑着放风筝。你被这份纯真与欢乐所感染，回想起了儿时与小伙伴放风筝的情景，心中不禁涌出这句诗。

9. 白话：

春雨蒙蒙，真是别有一番韵味。

古诗文：

天街小雨润如酥，草色遥看近却无。

——唐·韩愈《早春呈水部张十八员外二首·其一》

应用场景

初春时节，细雨蒙蒙，如同酥油般滋润着大地。小草开始萌发绿芽，远远望去仿佛能看到一片嫩绿的草色，走近一看却又变得稀疏。走在郊外，你感叹早春独有的韵味时，便可以引用这句古诗。

10. 白话：

看，燕子飞回来了。

古诗文：

几处早莺争暖树，谁家新燕啄春泥。

——唐·白居易《钱塘湖春行》

应用场景

春天到了，莺在歌，燕在舞，让人感受到勃勃生机。若是你踏青归来想在朋友圈晒出这一情景，便可配上这句古诗，保证让你情调十足。

◎ 夏日炎炎

夏天不仅有烈日，还有美景和惬意。古人曾把夏日的精彩一一呈现在人们眼前，如果你不知如何表达，不妨效仿古人描绘夏天的美景。

1. 白话：

风吹过来，暖洋洋的。

古诗文：

晴日暖风生麦气，绿阴幽草胜花时。

——宋·王安石《初夏即事》

应用场景

初夏时节，阳光明媚，微风不燥。你漫步在乡间的小路上，感受着难得的宁静与美好，便可以吟诗一首来表达内心的感想。

2. 白话：

哎呀，这天气真是太热了！

古诗文：

仲夏苦夜短，开轩纳微凉。

——唐·杜甫《夏夜叹》

应用场景

炎炎夏夜，你身处酷热的环境中，只有打开窗户才能感觉到微微凉意。此情此景，你可以引用这句诗描述。

3．白话：

天气闷热，实在太难受了。

古诗文：

清风无力屠得热，落日着翅飞上山。

——北宋·王令《暑旱苦热》

应用场景

三伏天，空气异常闷热，就连风吹过来都带着热浪。你感到酷热难受，心情也随着烦躁起来。此时，你引用这句古诗抱怨一下也未尝不可。

4．白话：

树荫下，比太阳下凉快多了。

古诗文：

绿树阴浓夏日长，楼台倒影入池塘。

——唐·高骈《山亭夏日》

应用场景

夏日午后，你去公园散步，因为阳光炽烈，赶紧躲在凉亭下。幸运的是，一片浓密的树荫遮挡了外面毒辣的阳光。凉亭里，树荫下，显得格外清凉宜人，让你不由得用这句古诗感叹一番。

5．白话：

这里真凉快，感觉什么烦恼都没有了。

古诗文：

荷风送香气，竹露滴清响。

——唐·孟浩然《夏日南亭怀辛大》

应用场景

夏日午后，你独自坐在凉亭中观赏荷花。微风拂过，带来荷花的阵阵香气，让你忘却了尘世烦恼。此时，你便可以吟上这句古诗表达内心的感受。

6．白话：

山里就算没有风，也能感觉一丝丝凉意。

古诗文：

竹深树密虫鸣处，时有微凉不是风。

——宋·杨万里《夏夜追凉》

应用场景

炎热的夏夜，你身处山区的民宿，听到了竹林深处的虫鸣声声，即便没有清风吹过也能感觉到凉爽。此时，你若有感而发，便可以说出这句古诗。

7．白话：

雨后的荷花，真美啊！

古诗文：

微风忽起吹莲叶，青玉盘中泻水银。

——唐·施肩吾《夏雨后题青荷兰若》

（应用场景）

夏日是荷花盛开的季节。你漫步在荷塘边，看到雨后荷花随风摇曳，荷叶上挂满晶莹的水珠，便可引用这句诗赞美眼前的美景。

8．白话：

树底下睡个懒觉，真舒服！

古诗文：

树荫满地日当午，梦觉流莺时一声。

——北宋·苏舜钦《夏意》

（应用场景）

夏日午后，屋内闷热，庭院中的树荫下反而凉爽一些。你索性躺在树荫下美美地打个盹儿，醒来后感觉神清气爽，耳边传来阵阵鸟鸣，便可引用这句诗表达心中的惬意。

9. 白话：

看！荷叶上停着一只蜻蜓。

古诗文：

小荷才露尖尖角，早有蜻蜓立上头。

——宋·杨万里《小池》

应用场景

夏日郊游，偶遇荷塘，见小荷叶初露水面，蜻蜓轻盈立上。你想引导孩子欣赏这一美景，可以引用这句古诗激发孩子的兴趣。

10. 白话：

这一大片荷花太美了。

古诗文：

接天莲叶无穷碧，映日荷花别样红。

——宋·杨万里《晓出净慈寺送林子方》

应用场景

夏日炎炎，你漫步于荷塘边，只见荷叶密密层层，一片浓郁的青翠碧绿映入眼帘。阳光照耀在荷花上，使得荷花更加鲜艳娇红，宛如繁星点缀在绿色的海洋中。此时，你可以引用这句古诗描绘眼前这一荷塘美景。

11. 白话：

静下心来，听听鸟叫蝉鸣声吧。

古诗文：

明月别枝惊鹊，清风半夜鸣蝉。

——宋·辛弃疾《西江月·夜行黄沙道中》

应用场景

　　夏日的一个周末，你和爱人留宿在山区的民宿。那里格外宁静，连蝉鸣都听得清晰。如果你非常享受这份难得的宁静与凉爽，便可以温文尔雅地对爱人说出这句词。

12. 白话：

又到梅雨季节了，到处都是蛙叫。

古诗文：

黄梅时节家家雨，青草池塘处处蛙。

——宋·赵师秀《约客》

应用场景

　　梅雨季节，你恰好到江南地区出差，看到整个小镇被绵绵细雨笼罩，远处长满青草的池塘更是热闹非凡，阵阵蛙声此起彼伏，感觉别有一番意境。此时，你便可以引用这句古诗描述这一独特的景色。

◎ 秋高气爽

秋天令人欢喜，也令人忧愁。用优美的诗词来描述秋天与秋景，抒发秋思与秋愁，再合适不过了。

1. 白话：

秋天到了，又可以大丰收了！

古诗文：

春种一粒粟，秋收万颗子。

——唐·李绅《悯农·其一》

应用场景

秋天到了，你看到金黄的稻田、硕果累累的果园时，可以引用这句诗表达对丰收的赞美之情。

2. 白话：

快看，那晚霞美得像幅画。

古诗文：

落霞与孤鹜齐飞，秋水共长天一色。

——唐·王勃《滕王阁序》

应用场景

秋天的黄昏，你站在高处远眺，看到晚霞与孤雁一同在空中翱翔，秋水和长天融为一体，便可以说出这句古诗以应景。

3. 白话：

这景色，都不知道怎么来形容了！

古诗文：

碧云天，黄叶地，秋色连波，波上寒烟翠。

——宋·范仲淹《苏幕遮·怀旧》

应用场景

站在湖边，抬头望向天空，碧蓝的天空中白云悠悠；低头看去，金黄的落叶铺满大地。湖面上，秋色与波纹相交织，一层翠绿的寒烟轻轻笼罩，更增添了几分深邃。如此美景，你不用这句词描述，真的是大煞风景。

4. 白话：

这枫叶比二月的花还要美。

古诗文：

停车坐爱枫林晚，霜叶红于二月花。

——唐·杜牧《山行》

应用场景

在深秋的山中行走，看到一片片红艳的枫林，心中不禁涌起一股喜爱之情。此时，你便可以吟出这句古诗描述晚秋的枫林美景。

5．白话：

秋雨后的山林，空气格外清新。

古诗文：

空山新雨后，天气晚来秋。

——唐·王维《山居秋暝》

应用场景

雨后去登山，你感觉到空气中弥漫着泥土和树叶的清新气息。夜幕降临，天气逐渐转凉，你用这句古诗让人感受到初秋的来临。

6．白话：

哇，这秋风，这大雁，真是太有感觉了！

古诗文：

长风万里送秋雁，对此可以酣高楼。

——唐·李白《宣州谢朓楼饯别校书叔云》

应用场景

在秋高气爽的日子，你站在高楼上远眺天边，只见长风浩荡，秋雁南飞，场面很壮观。此时，你的心情也如这秋景一般开阔，可以引用这句古诗邀请友人一同到高楼上赏景。

7．白话：

这月光照得满地都是银光。

古诗文：

秋空明月悬，光彩露沾湿。

——唐·孟浩然《秋宵月下有怀》

应用场景

秋高气爽的夜晚，你站在户外仰望夜空，看到一轮明月高悬，月光如水洒在大地上，一切都那么宁静而美好。此情此景，只能用这句古诗描述。

8．白话：

秋高气爽，这景色真壮观啊！

古诗文：

南山与秋色，气势两相高。

——唐·杜牧《长安秋望》

应用场景

秋天，你登高望远，感受到秋天特有的高远、澄净。此时，可以引用这句古诗描述秋色与高山交相辉映的壮丽。

9．白话：

中秋将至，可惜我不能回家。

古诗文：

乡书不可寄，秋雁又南回。

——唐·韦庄《章台夜思》

应用场景

  中秋佳节，身处他乡的你看着天空中南飞的大雁，不禁想起自己思念已久却无法相见的亲人，心中充满了愁绪。此时，可以引用这句诗表达你对家乡的深深思念。

10．白话：

看着秋雨后的满地落叶，心情也变得很落寞。

古诗文：

一声梧叶一声秋，一点芭蕉一点愁，三更归梦三更后。

——元·徐再思《水仙子·夜雨》

应用场景

  独自漂泊在外，感觉非常孤独。尤其看到秋雨绵绵、落叶飘零的景象，又想到工作的不顺，心中更是涌起种种烦忧。此时，可以用这句诗抒发内心的伤感。

11. 白话：

秋天来了，人也变得有些惆怅。

古诗文：

当年不肯嫁春风，无端却被秋风误。

——宋·贺铸《踏莎行·杨柳回塘》

应用场景

秋天来了，树木花草随之凋落，周围的景色越来越萧条，你也变得惆怅起来。此时，可以引用这句古诗抒发内心的感受。

12. 白话：

我觉得秋天比春天更别有韵味。

古诗文：

自古逢秋悲寂寥，我言秋日胜春朝。

——唐·刘禹锡《秋词》

应用场景

当别人都在感叹秋天的凄凉时，你却感受到秋天的美好。秋高气爽，云淡风轻，景色宜人，这些都让你心情愉悦。此时，引用这句古诗可以表达你内心的独特感受，让他人感受到不一样的秋天。

◎ 冬雪凌霜

古人写寒冬，有"烈烈寒风起，惨惨飞云浮"，也有"千峰笋石千株玉"。这些诗句，让人见识了寒冬，也能体会到雪景之美。

1. 白话：

太冷了，我快冻成冰棍了。

古诗文：

天寒色青苍，北风叫枯桑。厚冰无裂文，短日有冷光。

——唐·孟郊《苦寒吟》

应用场景

寒冬时节，河面冻上了厚厚的冰层，就连阳光都显得那么冷清。你走在街道上，可以引用这句古诗表达内心的感受。

2. 白话：

乌云密布，恐怕要下大雪了。

古诗文：

烈烈寒风起，惨惨飞云浮。

——唐·李世民《冬狩》

应用场景

三九寒天，一阵阵刺骨的寒风迎面吹来，乌云层层叠叠的，预示着大雪将至。你想要描述这一情景，便可引用这句古诗。

3．白话：

寒冬腊月，怎么还能听见雷声？

古诗文：

时无腊雪下，夜有瑞雷鸣。

——宋·戴复古《一冬无雨雪而有雷》

应用场景

冬季打雷比较少见。如果你那里长时间未见雨雪，夜晚却偶尔能听到冬雷轰鸣，你就可以引用这句诗表达内心的独特感受。

4．白话：

大雪封路，我出不了门了。

古诗文：

雪深泥滑，不得前矣。

——宋·辛弃疾《贺新郎·把酒长亭说》

应用场景

大雪过后，积雪深厚，道路异常湿滑，让人无法顺利行走。因此，你不能按时上班，向领导请假时，可以引用这句词委婉地表达。

5. 白话：

到处都是白蒙蒙的，什么也看不清！

古诗文：

千里黄云白日曛，北风吹雁雪纷纷。

——唐·高适《别董大二首》

应用场景

北方的寒冬时节，只见残云漫卷，北风呼啸，大雪纷飞，并且还有越下越大的趋势。此时，你可以用这句古诗描写这一情景，抒发内心寂寥的感觉。

6. 白话：

雪后山景，美得让人陶醉。

古诗文：

千峰笋石千株玉，万树松萝万朵银。

——唐·元稹《南秦雪》

应用场景

雪后，你登上高楼观看雪景，只见白雪覆盖着山峰，树枝上挂满晶莹的雪花，一时来了雅兴，就可以引用这句古诗描述此情此景。

7．白话：

雪后放晴，景色简直美翻了！

古诗文：

最爱东山晴后雪，软红光里涌银山。

——宋·杨万里《雪后晚晴四山皆青惟东山全白赋

最爱东山晴后雪二绝句》

（应用场景）

　　大雪初晴，登山观赏雪景，只见阳光洒在雪地上反射出柔和的红光。在红光之中，一座座银白色的山峰就像大海中的波浪，汹涌澎湃，美不胜收。面对此情此景，你便可以用这句古诗感叹一番。

8．白话：

满山白雪，有刺眼的光芒。

古诗文：

晨起开门雪满山，雪晴云淡日光寒。

——清·郑燮《山中雪后》

（应用场景）

　　你一早醒来，被窗外的景色所吸引。推开门一看，只见满山都是皑皑白雪，仿佛整个世界变得银装素裹。此时你想发朋友圈晒一晒美景，就可以引用这句古诗。

9．白话：

雪这么大，让人寸步难行啊！

古诗文：

欲渡黄河冰塞川，将登太行雪满山。

——唐·李白《行路难·其一》

应用场景

　　你本想外出公干，但无奈大雪连连，让出行变得异常艰难。此时，可以引用这句古诗描述你此时的困境。当然，生活中、职场上，若是遇到困难让你寸步难行，也可以用这句古诗形容自己的处境。

10．白话：

最美不过下雪天。

古诗文：

不知庭霰今朝落，疑是林花昨夜开。

——唐·宋之问《苑中遇雪应制》

应用场景

　　忙完工作后走出公司，看到树枝上挂满了洁白无瑕的雪花，远远望去好像开放的梨花。此时，你可以仰起头吟诗一首。

11. 白话：

都立春了，怎么还下起了雪？

古诗文：

白雪却嫌春色晚，故穿庭树作飞花。

——唐·韩愈《春雪》

应用场景

今年的春天来得特别晚。早春的小雪不但带来了寒冷，还带来了春天的气息，因为雪花飞舞就好像花朵在庭院、林中飘落。这一景色非常独特，可以引用这句古诗描绘。

12. 白话：

为了生活，风雨无阻啊！

古诗文：

柴门闻犬吠，风雪夜归人。

——唐·刘长卿《逢雪宿芙蓉山主人》

应用场景

深夜，大雪纷飞。在这个寒冷的冬夜，大多数人已经躲进家中，享受着被窝的温暖。然而，还有一些打工人加班到深夜，冒着风雪回家。此情此景，可以引用这句古诗表达内心的感慨。

13．白话：

雪下得太大了，竹子好像都被压断了。

古诗文：

夜深知雪重，时闻折竹声。

——唐·白居易《夜雪》

应用场景

深夜，雪下得非常大，把院子里的竹子都压断了，时不时能听见一声竹子断裂的声音。描写这一雪景时，你可以引用这句古诗。

14．白话：

雪景真美，不知道明年是否还能看到。

古诗文：

砌下梨花一堆雪，明年谁此凭阑干。

——唐·杜牧《初冬夜饮》

应用场景

寒冬的夜晚，你独自站在庭院中，看着台阶下一堆堆积雪宛若盛开的梨花，心中不禁涌起一股淡淡的忧伤，想着明年这个时候，自己是否还会站在这里欣赏这如画的雪景。此时，可以引用这句古诗表达内心的感慨。

◎ 边塞风光

你有机会到边塞旅游，领会到大漠的宽广、荒凉与肃杀之时，可以引用一些诗句来赞扬边塞之美、赞颂古代将士的英勇。

1. 白话：

这塞北风光也太美了吧！

古诗文：

明月出天山，苍茫云海间。

——唐·李白《关山月》

应用场景

当站在塞北的草原，目睹明月从山间升起、云海在月光下翻涌，你可以引用这句诗赞美眼前的塞北风光。

2. 白话：

大漠落日，太壮观了。

古诗文：

大漠孤烟直，长河落日圆。

——唐·王维《使至塞上》

应用场景

傍晚时分，当你身处一望无际的大漠中，看到天边那缕孤烟和落日染红的沙漠时，便可以引用这句诗描绘眼前的景象。

3．白话：

这青海湖也太大了。

古诗文：

青海长云暗雪山，孤城遥望玉门关。

——唐·王昌龄《从军行七首·其四》

应用场景

　　如果你到青海湖游玩，能看到连绵不绝的雪山以及远处的城市时，可以引用这句古诗描绘所见景色，表达内心的感受。

4．白话：

月夜下，大漠显得更荒凉了。

古诗文：

大漠沙如雪，燕山月似钩。

——唐·李贺《马诗二十三首·其五》

应用场景

　　燕山脚下有着广袤的沙漠，月夜下，沙漠更显得荒凉、寂静，有一片肃杀之气。如果你有机会到那里领略大漠风光，便会感受到这句古诗所描述的意境。

5. 白话：

西北边塞的风光就是不一样。

古诗文：

塞下秋来风景异，衡阳雁去无留意。

——宋·范仲淹《渔家傲·秋思》

应用场景

　　身处秋天的西北边塞，望着辽阔的草原和连绵的山脉，感受到独特的边塞风光，与其说"就是不一样"，不如引用这句词，更能表达出你身临其境的感受。

6. 白话：

看那儿，一望无际的戈壁滩。

古诗文：

君不见走马川行雪海边，平沙莽莽黄入天。

——唐·岑参《走马川行奉送封大夫出师西征》

应用场景

　　踏上敦煌的旅途，一路驱车穿越茫茫的沙漠公路，眼前的戈壁之地呈现出一片荒凉而狂野的景象。连绵不绝的沙漠仿佛延伸到天边，与天空连成一片，此时，用这句诗描写此处无尽的苍凉与壮阔再合适不过了。

7. 白话：

骑着骆驼穿越沙漠，是一种独特的旅行体验。

古诗文：

无数铃声遥过碛，应驮白练到安西。

——唐·张籍《凉州词三首·其一》

应用场景

在敦煌鸣沙山，骑骆驼穿越沙漠去体验丝路风情，已成为当下年轻人热衷的旅行。如果你有机会去那里体验，拍下美照并引用此诗发到朋友圈，定会让人羡慕不已。

8. 白话：

塞北的雪，是冬天最美丽的风景。

古诗文：

北望沙漠垂，漫天雪皑皑。

——唐·高适《酬裴员外以诗代书》

应用场景

身处南疆，向北眺望，眼前出现一幅令人惊叹的景象：广袤的沙漠被皑皑白雪覆盖，黄沙与白雪交织在一起，形成了一种独特的景观。当感叹大自然的神奇与美妙时，你便可以引用这句古诗。

9．白话：

荒漠上大雪纷飞，茫然一片。

古诗文：

野云万里无城郭，雨雪纷纷连大漠。

——唐·李颀《古从军行》

应用场景

行走于沙漠中，放眼望去，四周一片荒凉，没有任何人活动的踪迹，甚至连一棵树都看不到。此时，天空乌云密布，雨雪纷纷扬扬地洒落下来，你只能用这句古诗描述现场的景象。

10．白话：

古往今来，保家卫国的英雄太令人敬佩了！

古诗文：

醉卧沙场君莫笑，古来征战几人回？

——唐·王翰《凉州词二首·其一》

应用场景

你游览古战场、长城、边塞等具有历史文化意义的景点，不禁联想到曾经有无数将士为了保卫家园而奋战，就可以引用这句古诗表达内心的敬佩之情。

11. 白话：

塞北的夜晚，荒凉又凄清。

古诗文：

回乐峰前沙似雪，受降城外月如霜。

——唐·李益《夜上受降城闻笛》

应用场景

　　塞北之地，你站在烽火台旁眺望远方连绵的山脉和广袤的草原，在这宁静而略带荒凉的夜晚，心中不禁涌起一股对边疆历史和这片土地的敬畏之情。此时，你可以用这句古诗描述眼前的景色和内心的感触。

12. 白话：

戍边的将士就是这么英勇善战。

古诗文：

疾风冲塞起，沙砾自飘扬。马毛缩如蝟，角弓不可张。

——南北朝·鲍照《代出自蓟北门行》

应用场景

　　来到边塞，看到此地的荒凉与肃杀，了解古代边塞战争的历史和人文，接着又看到当代边防战士守护边疆时，可以引用这句古诗表达对古今边塞将士的敬佩。

◎ 时间流转

很多年轻人不懂得珍惜时间，又听不进去别人的劝告。若是引用一些具有劝诫意味的古诗文，引发他人的思考，效果会更好一些。

1. 白话：

时间就像流水一样，过得太快了。

古诗文：

逝者如斯夫，不舍昼夜。

——《论语·子罕》

应用场景

因为不珍惜时间，一年过去了，你还没有什么成就。当感叹时光飞逝，想要提醒自己珍惜当下时，你可以引用这句话劝勉自己。

2. 白话：

人生短暂，时间宝贵。

古诗文：

人生天地之间，若白驹之过隙，忽然而已。

——战国时期《庄子·外篇·知北游》

应用场景

家人沉迷于游戏或无意义的社交，整天无所事事，虚度光阴。如果你想要劝诫他，便可引用这句话。

3．白话：

别在吃苦的年纪选择安逸。

　　古诗文：

少壮不努力，老大徒伤悲。

——《乐府诗集·长歌行》

应用场景

　　当你的朋友或亲人年纪轻轻却不知努力，想在学习或工作上"摆烂"时，可以用这句古诗告诫 Ta：现在不努力拼一把，将来老了必定后悔不已。

4．白话：

时间可不等人，快行动起来吧！

　　古诗文：

盛年不重来，一日难再晨。及时当勉励，岁月不待人。

——东晋·陶渊明《杂诗》

应用场景

　　转眼间，你已到而立之年。当感叹时间飞逝，自己还有很多事没做、好多梦想没追时，你不妨用这句诗提醒自己。

5．白话：

时间都去哪儿了？

古诗文：

日月不肯迟，四时相催迫。

——东晋·陶渊明《杂诗十二首·其七》

应用场景

当年纪渐老，不知不觉已鬓发斑白时，你可以引用这句古诗自我感叹或者告诫孩子：在忙碌的日子里别忘了珍惜当下，把握时间，过好每一秒。

6．白话：

花开花谢，人也在变呀！

古诗文：

年年岁岁花相似，岁岁年年人不同。

——唐·刘希夷《代悲白头翁》或《白头吟》

应用场景

时间流逝，人和事都在变——自己在变老，身边的人也在变，曾经的好朋友已经不知身在何处，让你不由得用这句古诗感叹一番。

7. **白话：**

时光易逝，物是人非呀！

古诗文：

流光容易把人抛，红了樱桃，绿了芭蕉。

——宋·蒋捷《一剪梅·舟过吴江》

应用场景

回忆过去，发现时光匆匆，自己好像被固定在原地不动，身边的景物却在不断变化。此时，可以用这句词感慨美好的时光已经一去不复返。

8. **白话：**

美好的时光总是短暂的。

古诗文：

流水落花春也去，天上人间。

——南唐·李煜《浪淘沙令·帘外雨潺潺》

应用场景

春天逝去的景象，象征着美好时光不再。回忆过去，比如一段没有结果的恋情，可以用这句词表达内心的遗憾。

9. 白话：

别仗着自己年轻，就随便挥霍时间。

古诗文：

莫倚儿童轻岁月，丈人曾共尔同年。

——唐·窦巩《赠王氏小儿》

应用场景

当看到孩子沉浸在游戏、玩乐之中，无视时间的流逝，你免不了多劝导几句。当孩子不以为意，还自诩年轻有大把时间可以挥霍时，你可以用这句诗提醒他。

10. 白话：

再不努力，以后有你后悔的。

古诗文：

莫等闲，白了少年头，空悲切。

——南宋·岳飞《满江红·怒发冲冠》

应用场景

这句话是对每一个有梦想却不愿付诸行动的人的深刻提醒。当看到亲人沉溺于安逸，不愿为梦想努力；当看到好友只求眼前享乐，看着时间悄然流逝而心中却无动于衷时，请记得用这句词提醒他们。

11．白话：

岁月无情，要珍惜身边人。

古诗文：

光阴似箭，岁月如梭。

——明·佚名《增广贤文》

应用场景

　　你站在岁月的长河中回望过去，感叹时间如白驹过隙，不禁想提醒身边的朋友或亲人要珍惜眼前的每一刻。这句话，简练又通俗易懂，能取得一定的效果。

12．白话：

要想成功，得趁早努力啊！

古诗文：

盛衰各有时，立身苦不早。人生非金石，岂能长寿考？

——东汉末年《回车驾言迈》

应用场景

　　当看到身边的人不懂得珍惜时间，还在为是否要早起奋斗、趁年轻拼搏而犹豫不决时，或者以缺乏机会、时机不成熟为借口时，你可以用这两句诗警醒他们。

◎ 人生境遇

每个人的人生境遇都有不同，但无非得意或失意、成功或失败。不管境遇如何，用古人的豁达来激励自己，结果或许会大不一样。

1. 白话：

只要相信自己，就能闯出一片天。

古诗文：

长风破浪会有时，直挂云帆济沧海。

——唐·李白《行路难·其一》

应用场景

人生路上，每个人都难免会遇到困难和挑战。当感到迷茫和无力时，你可以用这句古诗激励和劝勉自己。

2. 白话：

我真是太厉害了！

古诗文：

春风得意马蹄疾，一日看尽长安花。

——唐·孟郊《登科后》

应用场景

当你考研成功时，那种欣喜之情难以言表。此时，可以引用这句古诗表达内心的兴奋和惬意。

3. 白话：

他厉害，他有钱，跟我有什么关系？

古诗文：

你富贵，你荣华，我自关门睡。

——宋·赵长卿《暮山溪·遣怀》

应用场景

生活中，人们总是容易被外界的各种纷扰所羁绊，但真正的智者却懂得保持内心的平静与自在。看到别人取得了成就在享受富贵荣华时，你不为所动，此时可以引用这句词表明心迹。

4. 白话：

我只想过悠然的日子。

古诗文：

行至水穷处，坐看云起时。

——唐·王维《终南别业》

应用场景

生活有时会让人感到迷茫和疲惫，无论如何努力都找不到前行的方向。这时候，不妨放下心中的执念，学学古人的闲适与洒脱。如此，世界或许就变了一副模样。

5．白话：

旧的不去新的不来，生活总得向前看。

古诗文：

沉舟侧畔千帆过，病树前头万木春。

——唐·刘禹锡《酬乐天扬州初逢席上见赠》

应用场景

生活中的每一次低谷，都是为了迎接更高的山峰。当遇到难题而身陷低谷的时候，你可以用这句古诗自勉，鼓励自己走出低谷，迎接更加美好的未来。

6．白话：

不干了，真想回老家种田去。

古诗文：

却将万字平戎策，换得东家种树书。

——宋·辛弃疾《鹧鸪天·有客慨然谈功名因追念少年时事戏作》

应用场景

你曾满怀激情为公司的发展献计献策，但事与愿违。此时，你开始思考，与其在纷扰的环境中奋斗无果，不如回老家享受宁静的生活，这句词可谓对应此景。

7．白话：

我想躺平，不想再吃苦了。

古诗文：

玉楼金阙慵归去，且插梅花醉洛阳。

——宋·朱敦儒《鹧鸪天·西都作》

应用场景

在工作与生活中，面对无休止的任务与压力，你感到心力交瘁，不再渴望努力与上进，只想暂时逃离这一切。此时，惟有这句词可以在适当的时候提醒你。

8．白话：

我还是佛系一些吧。

古诗文：

小舟从此逝，江海寄余生。

——宋·苏轼《临江仙·夜饮东坡醒复醉》

应用场景

经历了人生的种种波折之后，你看透了世间的纷扰与喧嚣，内心的欲望也慢慢消散。此时，可以引用这句词表达自己对生活的态度或对过往的反思。

◎ 宇宙天地

　　置身于宇宙天地之间，人是异常渺小的。当遇到人生难题或者领悟到人生真谛，你可以引用古人的诗句来描述一番。

1．白话：

万事开头难，但只要开始，就希望无限。

　　古诗文：

天地玄黄，宇宙洪荒。

——南北朝·周兴嗣《千字文》

应用场景

　　万事开头难。我们面对新的生活或新的挑战时，往往会觉得一片茫然。所以，你可以引用这句话表达当前这一境况。

2．白话：

我的人生，定会如大海一样辽阔！

　　古诗文：

天高地迥，觉宇宙之无穷。

——唐·王勃《滕王阁序》

应用场景

　　当你坐在飞机上望着无垠的大海和雄伟的山峰时，心中往往会涌起对宇宙浩瀚的敬畏，同时也增强了自己的雄心壮志。

3．白话：

人生路上，真正的赢家懂得随遇而安。

古诗文：

吴楚天南坼，乾坤日夜浮。

——唐·杜甫《登岳阳楼》

应用场景

　　在人生的旅途中，我们要接受生活的变化，随遇而安才能真正领悟生命的真谛，活得更加自在与豁达。如果你不知如何表达，可以引用这句古诗。

4．白话：

只有努力追梦，才能活出自己的精彩。

古诗文：

登高壮观天地间，大江茫茫去不还。

——唐·李白《庐山谣寄卢侍御虚舟》

应用场景

　　登上高山之巅，极目远眺，眼前的壮阔景象不仅让人心生赞美之情，更在不经意间触动了我们对人生短暂的深刻感悟。当想要追求梦想、活出人生精彩时，你可以对自己大声说出这句古诗。

5．白话：

虽然我很普通，但也能找到自己的价值。

古诗文：

寄蜉蝣于天地，渺沧海之一粟。

——宋·苏轼《赤壁赋》

应用场景

　　仰望浩瀚的星空，你会感到自身的渺小。这种感受虽然让人有些无力，但也提醒我们要珍惜生命，以谦卑之心面对世界，追寻属于自己的价值和意义。若是内心不坚定，你可以经常引用这句古诗激励自己。

6．白话：

人生短暂，应珍惜当下的每一刻。

古诗文：

人生天地间，忽如远行客。

——汉《古诗十九首·青青陵上柏》

应用场景

　　天地风云变幻莫测，非人力能及。当因为一些琐事而烦恼，或因为得失成败而纠结时，你不如引用这句古诗告诫自己：珍惜现在，活好每一天。

7. 白话：

人真的太渺小了。

古诗文：

天地一逆旅，同悲万古尘。

——唐·李白《拟古十二首·其九》

应用场景

因为疾病或意外事故等打击，你认识到自己的无能为力，感受到生命真的很脆弱。此时，你只能用这句古诗感叹一番。

8. 白话：

这把年纪了还是一事无成。

古诗文：

念天地之悠悠，独怆然而涕下！

——唐·陈子昂《登幽州台歌》

应用场景

这句诗描绘了诗人在幽州台上眺望时的孤独与悲凉，表达了对宇宙永恒与人生短暂的感慨。面对重大挫折，或者怀才不遇、遭受他人排挤时，你可以用这句诗来形容自己内心的悲凉和无奈。

◎ 禅意哲思

生活中，我们难免会被各种琐事所困扰，想放下又放不下，想坚持又坚持不下去。此时，念一念这些古诗文，或许就会豁然开朗。

1. 白话：

放下执念，好好享受当下。

古诗文：

何须更问浮生事，只此浮生是梦中。

——唐·鸟窠禅师《偈语》

应用场景

生活中，难免有被各种琐事和名利困扰之时。此时，可以念一念这句古诗，学会放下心中的执念，享受当下的美好。

2. 白话：

退一步，海阔天空。

古诗文：

六根清净方为道，退步原来是向前。

——五代后梁·布袋和尚《插秧偈》

应用场景

面对问题，退一步去冷静思考，反而能更好地解决问题。当钻了牛角尖出不来时，你可以引用这句古诗告诫自己。

3．白话：

不胡思乱想，自然没有什么烦恼。

古诗文：

春有百花秋有月，夏有凉风冬有雪。
若无闲事挂心头，便是人间好时节。

——南宋·无门慧开禅师《颂平常心是道》

应用场景

当担心失去什么或为了能得到什么而纠结时，你不妨念一念这首诗，让自己以平常心面对生活。

4．白话：

人要学会不强求，顺其自然就好。

古诗文：

流水下山非有意，片云归洞本无心。
人生若得如云水，铁树开花遍界春。

——宋·释守净禅师《偈二十七首其一》

应用场景

面对生活中的种种挑战，如果能够像流水和云朵一样顺其自然，不强求、不奢望，没准也会有奇迹发生。既然如此，何不引用这首诗劝慰自己呢？如果你真的这样做了，生活会变得轻松许多。

5．白话：

笑着面对，一切都会好起来。

古诗文：

竹杖芒鞋轻胜马，谁怕？一蓑烟雨任平生。

——宋·苏轼《定风波·莫听穿林打叶声》

应用场景

　　人生旅途中，我们难免会遇到各种困难和挑战。与其期期艾艾没有结果，不如引用这句词表达自己勇敢面对生活挑战的从容与豁达。

6．白话：

我累了，想过"佛系"的生活。

古诗文：

何计长来此，闲眠过一生。

——唐·姚合《秋夜月中登天坛》

应用场景

　　面对生活中的琐事和工作上的压力，你有些喘不过气来，渴望寻找一片宁静之地过上悠闲自在的生活时，你不妨用这句古诗抒发内心的想法。

励志篇

为天地立心，为生民立命，为往圣继绝学，为万世开太平。

这是我们的时代，接下来就看我如何创造奇迹吧！

◎ 凌云壮志

很多人心中有梦想，但容易受现实和外界的影响，开始灰心丧气。若你也是如此，就用一些励志古诗文来激励自己吧。

1. 白话：

人如果没有目标，岂不是和咸鱼一样？

古诗文：

宁为百夫长，胜作一书生。

——初唐·杨炯《从军行》

应用场景

当你渴望有所作为时，就要明确自己的目标。此时，你可以把这句古诗当作座右铭。

2. 白话：

心怀梦想，不甘沉沦。

古诗文：

我欲穿花寻路，直入白云深处，浩气展虹霓。

——宋·黄庭坚《水调歌头·游览》

应用场景

人有时感到迷茫是在所难免的，但不能忘了自己曾心怀的梦想。所以，你要把这句词记在心头，以便时刻激励自己。

3．白话：

为了成功，我可以付出一切。

古诗文：

万里不惜死，一朝得成功。

——唐·高适《塞下曲》

应用场景

　　追求梦想的道路上，你会遇到很多困难和挑战，但仍需充满热情。若是有人劝阻你，你可以大声说出这句古诗，展现自己的决心。

4．白话：

别只是嘴上说说，要付诸行动。

古诗文：

清谈可以饱，梦想接无由。

——唐·韩愈《洞庭湖阻风赠张十一署·时自阳山徙掾江陵》

应用场景

　　在追求梦想的路上，我们可能会沉迷于空谈和幻想之中，忘记了实际行动的重要性。当发现自己只是停留在口头的承诺上而没有真正努力时，你就需要用这句古诗提醒自己。

5. 白话：

我要征服一切。

古诗文：

海到尽头天作岸，山登绝顶我为峰。

——清·林则徐《出老》

应用场景

当面临学业或工作上的巨大挑战，感到压力重重但内心又充满征服的欲望时，你不妨时常用这句古诗激励自己。

6. 白话：

相信我！

古诗文：

仰天大笑出门去，我辈岂是蓬蒿人。

——唐·李白《南陵别儿童入京》

应用场景

你才华横溢，却因种种原因未能得到应有的重用与认可，心中难免有些失落。终有一日，你得到展现自我的机会，心中那份压抑已久的豪情壮志如火山般爆发。此时，你可以对所有人大声高喊这句古诗。

7. 白话：

我能改变自己的命运。

古诗文：

朝为田舍郎，暮登天子堂。将相本无种，男儿当自强。

——宋·汪洙《神童诗》

应用场景

当遭遇困境，仿佛一切都在与你作对时，你心中那份不屈与倔强却越发强烈。你深知命运并非不可改变，只要心中有梦、有勇气，便能扭转乾坤。此时，可以引用这句古诗激励自己去拼、去闯。

8. 白话：

我有能力，一定能做得更好！

古诗文：

赋料扬雄敌，诗看子建亲。李邕求识面，王翰愿卜邻。

——唐·杜甫《奉赠韦左丞丈二十二韵》

应用场景

你才华横溢，却因种种原因未能得到应有的认可与重用。此时，可以引用这两句诗表达内心的雄心壮志，继而将其转化为拼搏的动力。

◎ 坚持不懈

　　遇到困难和失败，想要放弃是正常的。但要知道，心怀梦想，找准机遇，不断寻求新的突破更重要。如果发现自己或亲人朋友有放弃的念头，就用这些励志诗词为其加油打气吧！

1. **白话：**
刀越磨越快，磨刀石却越来越薄。

　　古诗文：
千淘万漉虽辛苦，吹尽狂沙始到金。

——唐·刘禹锡《浪淘沙·其八》

　　（应用场景）

　　　　在追求梦想的过程中想要放弃时，可以用这句古诗提醒自己：成功从来不是一蹴而就的，它需要你持久努力。

2. **白话：**
别灰心，失败只是人生常态。

　　古诗文：
由来得丧非吾事，本是钓鱼船上人。

——唐·赵嘏《落第》

　　（应用场景）

　　　　当付出努力却未能如愿以偿，内心感到失落时，你可以用此句古诗激励自己：失败是人生常态，坚持下去便可达成所愿。

3．白话：

要有丰富的积累，才能脱颖而出。

古诗文：

博观而约取，厚积而薄发。

——宋·苏轼《稼说送张琥》

应用场景

　　无论是学习新知识还是攀登事业高峰，你都需要积累深厚的知识与经验，然后选择时机以稳健的姿态展现出来。无心学习时，可以用这句古诗勉励自己。

4．白话：

想要生活好，你就得能吃苦。

古诗文：

富贵本无根，尽从勤里得。

——明·冯梦龙《醒世恒言》

应用场景

　　生活中，我们总会遇到一些人在抱怨自己命运不好，为什么别人能够拥有财富和地位，而自己却一无所有。这时，你可以用这句话劝勉他们：富贵不是天生注定的，而是需要通过自己的勤奋努力来争取。

5．白话：

努力就有回报，是金子总会发光的。

古诗文：

业精于勤，荒于嬉；行成于思，毁于随。

——唐·韩愈《进学解》

应用场景

看到亲朋好友在工作或学习中表现出懒散、贪玩的状态时，你可以用这句话劝诫他们。

6．白话：

等你学有所成，别人自然会认可你。

古诗文：

时人不识凌云木，直待凌云始道高。

——唐·杜荀鹤《小松》

应用场景

当孩子因为种种原因导致才华暂未显露而苦恼，甚至自我怀疑时，你要大声对他说出这句古诗，激励他不懈努力，定有出人头地的那一天。

7．白话：

靠天靠地不如靠自己。

古诗文：

随富随贫且欢乐，不开口笑是痴人。

——唐·白居易《对酒·其二》

应用场景

　　当朋友或亲人遭遇了失败，整日沉浸在沮丧中时，你可以用这句古诗开导他：人的一生，无论是富裕还是贫穷，顺境还是逆境，都要保持乐观向上的心态，积极面对生活中的每一个挑战。

8．白话：

心之所向，且行且珍惜。

古诗文：

亦余心之所善兮，虽九死其犹未悔。

——先秦·屈原《离骚》

应用场景

　　在追求理想的道路上，你遇到了各种挫折和难题。但你坚信，只要坚持心中所向就能克服一切困难，实现自己的梦想。此时，可以引用这句话表明心迹，激励自己。

9. 白话：

做事专一，不轻言放弃！

古诗文：

蚓无爪牙之利，筋骨之强，上食埃土，下饮黄泉，用心一也。

——战国·荀子《劝学》

应用场景

有人做事经常表现出心浮气躁的状态，甚至开始抱怨或想要放弃，你可以用这句话劝导他们。

10. 白话：

做事可不能畏畏缩缩。

古诗文：

丈夫生世会几时，安能蹀躞垂羽翼？

——南北朝·鲍照《拟行路难·其六》

应用场景

当面对重大挑战显得犹豫不决，甚至因为害怕失去更多而想要退缩时，你可以多念念这句古诗。

11．白话：

不经历风雨，怎能见彩虹？

古诗文：

不经一番寒彻骨，怎得梅花扑鼻香。

——唐·黄蘖禅师《上堂开示颂》

应用场景

当朋友在事业上遇到挫折有些灰心丧气时，你可以用这句古诗鼓励他：只要你肯吃苦、肯努力，就可以等到冬去春来。

12．白话：

还没有到山穷水尽的地步，要保持初心。

古诗文：

眠云机尚在，未忍负初心。

——唐·许棠《忆江南·南楚西秦远》

应用场景

当因为失败或陷入困境感到迷茫、疲惫，甚至想要放弃时，你可以用这句古诗提醒自己：只要还有一线希望，就不能忘了初心，继续寻求新的出路。

◎ 求学问道

流行词"躺平"是说有些年轻人不愿面对工作上的压力，整天混日子。遇到类似情况，不妨用这些古诗词来告诫他们。

1．白话：

学会接纳，取长补短，才能有所成就。

古诗文：

泰山不让土壤，故能成其大；河海不择细流，故能就其深。

——先秦·李斯《谏逐客书》

应用场景

追求成功时，有人往往只关注自己的观点，而忽视了包容与接纳的重要性。此时，可以用这句话告诫他。

2．白话：

只读书本上的知识是不够的。

古诗文：

古人学问无遗力，少壮工夫老始成。

纸上得来终觉浅，绝知此事要躬行。

——宋·陆游《冬夜读书示子聿》

应用场景

我们想要鼓励孩子好好学习时，可以引用这首诗，一是强调学习需要持之以恒；二是要通过实践去理解和掌握知识。

3．白话：

世上没有卖后悔药的。

古诗文：

三更灯火五更鸡，正是男儿读书时。

黑发不知勤学早，白首方悔读书迟。

——唐·颜真卿《劝学》

应用场景

　　长辈要教育孩子，或者提醒那些已经步入社会但仍需要学习的人，可以引用这首古诗劝诫他们：不要因为忙碌或其他原因放弃学习，要时刻保持对知识的渴望和追求。

4．白话：

我成功的秘密就是多读书。

古诗文：

立身以立学为先，立学以读书为本。

——宋·欧阳修《欧阳文忠公文集》

应用场景

　　有些大学生毕业后觉得自己满腹才华，认为做好本职工作就不需要继续学习了。此时，可以引用这句话劝导他们：要时刻保持对知识的追求，不断提升自己的修养和素质。

5．白话：

肚子里有墨水，就是不一样。

　　古诗文：

读书破万卷，下笔如有神。

——唐·杜甫《奉赠韦左丞丈二十二韵》

应用场景

　　孩子的写作能力不好，可以用这句古诗鼓励他多读书、读好书，强调广泛阅读和深入理解对于提升写作能力的重要性。

6．白话：

时间过得飞快，一晃就要毕业了。

　　古诗文：

读书不觉已春深，一寸光阴一寸金。

——唐·王贞白《白鹿洞二首·其一》

应用场景

　　鼓励他人珍惜时间、努力学习时，可以引用这句诗，强调时间的宝贵和学习的重要性。同时，也可以用这句诗提醒自己在学习或工作中全身心投入，不被外界干扰，充分利用每一分、每一秒。

7．白话：

有目标，有决心，才能学有所成。

古诗文：

非学无以广才，非志无以成学。

——三国·诸葛亮《诫子书》

应用场景

当孩子不愿学习，也没有明确的学习目标时，可以用这句话告诫他：学习是增长才干、提升自我的必经之路，明确的学习目标和坚定的志向则是成功的关键。

8．白话：

努力要趁早，时间不等人。

古诗文：

及时当勉励，岁月不待人。

——魏晋·陶渊明《杂诗》

应用场景

在面临人生选择或做职业规划等关键时刻，都可以引用这句诗提醒自己：时间不等人，要抓住每一个机会付诸行动，以免留下遗憾。

9. 白话：

自己选的路，跪着也要走完。

古诗文：

路漫漫其修远兮，吾将上下而求索。

——先秦·屈原《离骚》

应用场景

　　面对人生挑战，可以引用这句诗激励自己：前方的道路虽然漫长且未知，但只要坚定信念，不懈努力，就一定能够实现目标。

10. 白话：

人，一定不能输在起跑线上。

古诗文：

书山有路勤为径，学海无涯苦作舟。

——唐·韩愈《古今贤文·劝学篇》

应用场景

　　当遇到学习瓶颈或工作上不顺时，可以用这句话激励自己或他人：只要勤奋努力、坚持不懈，就一定能够克服困难，取得学业或事业上的成功。

◎ 事业人生

不管是你自己还是身边的朋友，在实现人生目标时，都可以用那些令人慷慨激昂的古诗文激励自己。

1. 白话：

继续努力，未来可期。

古诗文：

摄衣更上一层楼，才到层霄最上头。

——宋·刘过《登凌云高处》

应用场景

当朋友或亲人正在为事业奋斗，努力攀爬人生新的阶梯时，你可以用这句古诗鼓励他们。

2. 白话：

属于我的，终究还会属于我！

古诗文：

我欲乘风去，击楫誓中流。

——宋·张孝祥《水调歌头·和庞佑父》

应用场景

当你面临挑战或失败时，可以用这句词来激励自己坚定信念，勇往直前，把曾经失去的东西再找回来。

3．白话：

放手去做，你会发现什么都不是事儿！

古诗文：

会当凌绝顶，一览众山小。

——唐·杜甫《望岳》

【应用场景】

　　当你不懈努力实现了目标，再回望来时路才发现人生本就是旷野，那些曾经的困难和挑战都会变得微不足道。此时，可以引用这句古诗表达内心的感慨。

4．白话：

你的事业定会一飞冲天！

古诗文：

大鹏一日同风起，扶摇直上九万里。

——唐·李白《上李邕》

【应用场景】

　　当朋友的事业正处于上升阶段，你用这句富有力量的古诗鼓励他非常合适，它寓意事业的突飞猛进和无可阻挡。

5. 白话：

想要看得更远，就得爬得更高。

古诗文：

欲穷千里目，更上一层楼。

——唐·王之涣《登鹳雀楼》

应用场景

　　朋友正在为某个目标而努力奋斗，但似乎遇到了瓶颈，为此他感到有些气馁。此时，你可以用这句古诗鼓励他。

6. 白话：

职业不分高低，行行出状元。

古诗文：

业无高卑志当坚，男儿有求安得闲？

——宋·张耒《示秬秸》

应用场景

　　当朋友在职业选择上感到困惑，担心自己的选择会影响未来的发展时，你可以用这句古诗鼓励他。

◎ 超然脱俗

　　人生道路上，我们不可避免会面临各种得失成败、繁杂琐事、质疑非议……遇到类似情况，应学习古人的超然脱俗，让内心变得豁达。

1. 白话：

我想静静。

　　古诗文：

羡青山有思，白鹤忘机。

——宋·汤恢《八声甘州·摘青梅荐酒》

应用场景

　　身处繁忙的都市，你希望远离尘世的纷扰，追求与自然和谐共处的生活状态。此时，你可以用这句词表达自己的心境。

2. 白话：

世界那么大，我想去看看。

　　古诗文：

愿随夫子天坛上，闲与仙人扫落花。

——唐·李白《寄王屋山人孟大融》

应用场景

　　当感到生活压力，渴望逃离现实的束缚，向往一种无忧无虑的状态时，你可以细细品味这句古诗的含义。

3．白话：

偷闲一下，真自在。

古诗文：

天平山上白云泉，云自无心水自闲。

——唐·白居易《白云泉》

应用场景

　　工作繁忙，生活琐事缠身，你内心渴望宁静与自由。周末，来到乡下过了两天悠闲日子，顿时感觉悠然自得，就可以用这句古诗表达自己的心境。

4．白话：

吃好睡好，养足精神再说！

古诗文：

世事浮云何足问，不如高卧且加餐。

——唐·王维《酌酒与裴迪》

应用场景

　　面对生活的不如意或工作上的不顺，如果你想暂时放下烦恼而专注于享受生活，不如用这句古诗劝说自己。

5．白话：

忙完了，该放松一下了。

古诗文：

醉后不知天在水，满船清梦压星河。

——元·唐珙《题龙阳县青草湖》

应用场景

　　一段紧张忙碌的工作过后，你终于有了属于自己的闲暇时光，于是约上三五好友痛饮一场。酒后，趁着星光月色回家，你可以豪迈地吟上这句古诗。

6．白话：

哎，什么时候能闲下来啊？

古诗文：

几时归去，作个闲人。对一张琴，一壶酒，一溪云。

——宋·苏轼《行香子·述怀》

应用场景

　　当正处于事业或学业最忙碌的阶段，渴望片刻的安闲而不可得时，你不妨用这句词给自己一个美好的心理慰藉。

7. **白话：**

生活，就是越简单越幸福。

古诗文：

茶一碗，酒一尊，熙熙天地一闲人。

——宋·王柏《夜宿赤松梅师房》

应用场景

厌倦了喧嚣的城市压迫感，你开始过起简单、质朴的田园生活。此时，可以引用这句古诗表达你的心境和理想的生活状态。

8. **白话：**

我感觉生活得加点盐。

古诗文：

花亦无知，月亦无聊，酒亦无灵。

——清·郑板桥《沁园春·恨》

应用场景

当经历了事业的挫败和婚姻的破裂，整个人陷入心灰意冷之中，就连曾经带给你慰藉的美好事物都变得索然无味时，你可以用这句词感叹生活的无奈。

9. 白话：

什么也不想操心，看开一些就好了。

古诗文：

称心如意，剩活人间几岁。洞天谁道在，尘寰外。

——宋·朱敦儒《感皇恩·一个小园儿》

应用场景

　　有时候，尽管我们付出努力，但境遇并未得到明显改善。在这种情况下，我们或许应该学会看开一些，不要过于纠结眼前的得失，而是要看到生活美好的一面。用这句词自勉，心境会更豁达。

10. 白话：

我一个人也可以很快乐。

古诗文：

自歌自舞自开怀，无拘无束无碍。

——宋·朱敦儒《西江月·日日深杯酒满》

应用场景

　　谁说一个人就不能开心快乐？当别人肆意狂欢而你独饮的时候，当你一个人旅行去享受自由自在时光的时候，就可以用这句词形容自己的快乐。

11．白话：

来一场说走就走的旅行吧！

古诗文：

但教有酒身无事，有花也好，无花也好，选甚春秋。

——元·赵秉文《青杏儿·风雨替花愁》

应用场景

在快节奏的现代生活，我们时常会感到身心疲惫。此时，可以借用这句词的寓意，让你放下一切束缚，给自己一些放松的时间。

12．白话：

那些名利富贵，只是过眼云烟罢了。

古诗文：

酒盈尊，云满屋，不见人间荣辱。

——五代·李珣《渔歌子·楚山青》

应用场景

在生活和工作中，我们时常会面临名利与富贵的诱惑。如果你想保持一颗平常心，不争抢、不强求，只是一心做好自己的事情，可以把这句词当作座右铭。

13．白话：

做人，别太在意得失。

古诗文：

宠辱不惊，看庭前花开花落；去留无意，望天上云卷云舒。

——明·陈继儒《小窗幽记》

应用场景

在人生的旅途中，我们时常会面临得失的考验，容易让人心生波澜。如果你刚经历失败，可以引用这句古诗自我安慰和勉励。

14．白话：

我能过好我的小日子就行了。

古诗文：

但愿老死花酒间，不愿鞠躬车马前。

——明·唐寅《桃花庵歌》

应用场景

每个人对生活的追求都不尽相同，有些人追求事业上的成功和物质上的富足，有些人则更注重内心的平静和生活的闲适。如果有人不断鼓动你，而你只想享受安稳的日子，就可以引用这句古诗表明心迹。

15. 白话：

我还是从前那个少年。

古诗文：

安能摧眉折腰事权贵，使我不得开心颜。

——唐·李白《梦游天姥吟留别》

应用场景

面对严峻的考验，不少人或许会选择妥协。在现实面前，想要毫不动摇地坚持原则和守住底线，可以用这句古诗表明心迹。

16. 白话：

做自己，挺好！

古诗文：

花开不并百花丛，独立疏篱趣未穷。

——宋·郑思肖《寒菊》

应用场景

在群体中，往往存在从众心理。在某些关键时刻，如果你发现自己与大多数人的观点不同，可以引用这句诗鼓励自己：即使独自站立，也能找到属于自己的乐趣和价值。

17. 白话：

这件事跟我没有关系。

古诗文：

躲进小楼成一统，管他冬夏与春秋。

——鲁迅《自嘲》

应用场景

在职场中，我们时常会遇到同事之间因工作产生争执的情况。如果你不想参与其中，就可以引用这句诗表达自己的立场。

18. 白话：

不管闲事，不惹闲人。

古诗文：

问余何意栖碧山，笑而不答心自闲。

——唐·李白《山中问答》

应用场景

日常生活中，我们时常会遇到一些与己无关的事情，如果过于插手或发表意见，往往会给自己带来不必要的麻烦。遇到类似情况，可以引用这句古诗劝告自己。

19. 白话：

心慵事少，倒也自在。

古诗文：

性拙身多暇，心慵事少缘。

——唐·白居易《北院》

应用场景

辞职了，从大城市回到家乡后，你摆脱了过度的忙碌和焦虑，享受着闲适、宁静的生活。此时，可以用这句古诗来表达自己此刻的心境。

20. 白话：

不必在乎别人的看法，自己问心无愧就好。

古诗文：

不要人夸好颜色，只留清气满乾坤。

——元·王冕《墨梅》

应用场景

生活中，我们难免会遇到他人的非议和指责。为了避免让这些声音使自己动摇，也为了坚定自己的选择，你可以用这句古诗给自己打气。

职场篇

◎ 职场正能量

职场需要正能量来时刻激励自己。古诗文中有不少激励人心的句子，在今天读来依旧能让我们精神振奋，或为我们指引方向。

1. 白话：

是金子总会发光的！

古诗文：

天不生无用之人，地不长无名之草。

——明·凌濛初《初刻拍案惊奇·卷三十五》

应用场景

尽管你很努力，但并未得到晋升的机会。此时，你可以用这句话来自勉，提醒自己要相信自己的价值和能力。

2. 白话：

失败一次，不代表永远失败。

古诗文：

莫避春阴上马迟，春来未有不阴时。

——宋·辛弃疾《鹧鸪天·送欧阳国瑞入吴中》

应用场景

下属因为执行失误而使项目延缓，便找借口拖延。此时，你可以用这句词鼓励他尽快行动，不要逃避。

3．白话：

男子汉，就要不畏艰难。

古诗文：

要为天下奇男子，须历人间万里程。

——明·冯梦龙《东周列国志 ·第三十四回》

应用场景

刚进入职场，你对未来充满了希冀，想要成就一番轰轰烈烈的事业。此时，可以借用这句古诗激励自己奋力拼搏，去迎接各种挑战。

4．白话：

我一定会东山再起！

古诗文：

秋白遥遥空，日满门前路。

——唐·李贺《将发》

应用场景

遭遇行业大冲击，损失很重，重新再创业更难。面对这样的困境，你可以用这句古诗来抒发内心的惆怅，同时激励自己要振奋起来，对未来充满信心。

5. 白话：

继续干，谁愿意听你抱怨！

古诗文：

少年心事当挐云，谁念幽寒坐呜呃？

——唐·李贺《致酒行》

应用场景

同事或朋友遇到了困难和瓶颈，抱怨连连。此时，你可以借用这句古诗来激励他，不要放弃，要保持积极心态去迎接曙光。

6. 白话：

人往高处走。

古诗文：

良鸟相木而集，智士择主而翔。

——三国魏国·阮武《阮子》

应用场景

在公司工作多年，但目前这个平台已不能给你更好的成长空间。偶然间，你读到这句古诗，就提醒自己有机会选择一个更适合自己发展的行业。

7．白话：

又有新单子了，得抓紧把手里的活干完。

古诗文：

流水淘沙不暂停，前波未灭后波生。

——唐·刘禹锡《浪淘沙·其九》

应用场景

这句词描写了流水淘沙的自然现象，可以寓意职场人的成长过程恰似波浪的推进，每一次挑战和突破都是新波的生成，只有不断接受新任务、学习新技能，才能在职业生涯中持续前进。

8．白话：

迷茫时，别被金钱物质晃了眼。

古诗文：

毕竟几人真得鹿，不知终日梦为鱼。

——宋·黄庭坚《杂诗七首·其一》

应用场景

当你在职场上感到迷茫和困惑时，不妨借用这句古诗来告诫自己不要被外界的诱惑所迷惑，保持内心的清醒和坚定，追求真正属于自己的价值和幸福。

9. 白话：

我当初也是有远大抱负的。

古诗文：

须知少日拏云志，曾许人间第一流。

——清·吴庆坻《题三十小象》

应用场景

回想起年少时也曾意气风发，立志成就事业，虽然暂时陷入困境，但可以用这句古诗来表达自己的想法，明天继续努力。

10. 白话：

不能留遗憾。

古诗文：

寂寂竟何待，朝朝空自归。

——唐·孟浩然《留别王维》

应用场景

回想职场之路，也是咬牙拼搏了几年却一事无成。面对如此境况，你只能用这句古诗来感叹，明年还得继续努力。

◎ 团队管理

工作中，我们会遇到很多关于团队管理的问题，如合作意识、批评或赞扬员工等。无论什么问题，借助古诗文可以把话说得委婉一些，效果或许更好。

1. 白话：

心往一处想，劲往一处使。

古诗文：

万人操弓，共射一招，招无不中。

——先秦·吕不韦及其门客《吕氏春秋》

应用场景

在组织团队建设活动中，可以用这句话激励员工要齐心协力，朝着同一个方向努力，强调团队合作和共同目标的重要性。

2. 白话：

众人拾柴火焰高。

古诗文：

乘众人之智，则无不任也；用众人之力，则无不胜也。

——汉·刘安《淮南子·主术训》

应用场景

团队遇到困境或项目遇到瓶颈时，可以用这句话来鼓励团队成员分享自己的知识和经验，集思广益，攻克难题。

3. 白话：

严于律己，宽以待人。

古诗文：

以细行律身，不以细行取人。

——清·魏源《默觚下·治篇一》

应用场景

作为领导，要严格要求自己，做到自律。同时，在评价或选择人才时，要宽容大度，看重其人的品德和才能。

4. 白话：

每个人都有优点和缺点。

古诗文：

人才之能，自非圣贤，有所长必有所短，有所明必有所藏。

——明·王守仁《论贤能》

应用场景

考察和提拔人才时，发现某个下属的业绩很突出，但在某方面有局限性。此时，你可以用这句话的含义来说服领导，让他认识到即使是杰出的人才也并非全能无缺。

5．白话：

细节决定成败。

古诗文：

天下难事，必作于易；天下大事，必作于细。

——先秦·老子《道德经·第六十三章》

应用场景

工作中发现某员工做事粗心大意，不能把工作做到精细时，你可以用这句话来告诫他要注意细节，认真对待。

6．白话：

一个人，就是一支队伍。

古诗文：

一身转战三千里，一剑曾当百万师。

——唐·王维《老将行》

应用场景

某员工年轻时就跟着领导一起创业，立下卓越功劳。在表彰大会上，领导可以借用这句古诗来称赞他。

◎ 为人处世

我们要有做事的本事，更要善于表达，如此才能处理好职场关系。古人有很多关于说话做事的古诗文，借来一用不失为好的选择。

1. 白话：

沉默是金。

古诗文：

宁坐小窗观浮云，不与他人论是非。

——清·周希陶《增广贤文》（修订）

应用场景

休息时间，同事们在谈论别人的隐私或不足。此时，你可以引用这句古诗来表明自己的态度。

2. 白话：

我听说过，但还没有见过。

古诗文：

不识庐山真面目，只缘身在此山中。

——宋·苏轼《题西林壁》

应用场景

同事因局限于自身的视角而遇到了工作瓶颈。你可以引用此句古诗来提醒他——跳出固有思维和工作场景，要认识事物的真相与全貌，才能做出正确的决策。

3. 白话：

别不懂装懂！

古诗文：

矮人看戏何曾见，都是随人说短长。

——清·赵翼《论诗五首·其三》

应用场景

在讨论某个话题时，如果有人没有深入了解情况却随声附和别人的观点，可以借用这句古诗来提醒他。

4. 白话：

一看你就是个大聪明人。

古诗文：

最是忘机湘水上，风轻日淡看游鱼。

——宋·胡宏《郭氏嘉山亭》

应用场景

工作中经常有各种纷争，让你感到身心疲惫。如果你想要远离不必要的纷争，更不想为了所谓利益而逢迎上司，可以如此自我宽慰。

5．白话：

你想怎么做就去做吧。

古诗文：

闭门不管庭前月，分付梅花自主张。

——宋·陈郁《苦吟》

应用场景

　　当你遇到工作瓶颈时，可以选择"闭门"沉淀，默默提升自我，如同梅花在寒冬中积蓄力量，等待绽放。当个人能力、经验达到一定程度，自然会展现价值，实现从量变到质变的飞跃。

6．白话：

今天休息好了，期待明天会更好。

古诗文：

睡起莞然成独笑，数声渔笛在沧浪。

——宋·蔡确《夏日登车盖亭》

应用场景

　　此诗描绘了一种闲适自在的生活场景，但也可从侧面反映出一种职场心态。即使工作繁忙，也要学会在忙碌中寻找内心的平静，以更好的状态应对职场中的各种情况。

7．白话：

将来的你，一定会感谢现在拼命的自己。

古诗文：

天行健，君子以自强不息。地势坤，君子以厚德载物。

——《周易》

应用场景

　　在职场或生活中，我们既要积极进取，又要具备良好的品德修养和包容心态。当同事遇到项目失败而消沉时，你可引用这句话来激励他要不断努力奋斗，提升自我。

8．白话：

要，还是不要？

古诗文：

己所不欲，勿施于人。

——春秋《论语·颜渊》

应用场景

　　自己不愿意的事情，不要强加给别人。在与同事、朋友或家人相处时，能够站在对方的角度思考问题，理解他人的感受，从而建立和谐的人际关系。

9．白话：

我们的关系不是一般的铁呀！

古诗文：

海内存知己，天涯若比邻。

——唐·王勃《送杜少府之任蜀州》

应用场景

无论与同事合作，还是与客户对接，真挚的情谊能打破距离限制。即使因工作变动而分离，真心结交的伙伴也能在遇到困难时相互支持，共同进步，助力事业发展。

10．白话：

我是不会动摇的。

古诗文：

千磨万击还坚劲，任尔东西南北风。

——清·郑燮《竹石》

应用场景

遇到项目失败、业绩下滑或者晋升受阻等情况时，你可以用这句古诗提醒自己要有坚定的信念，不因一时的挫折而气馁。